文春文庫

まつらひ

村山由佳

文藝春秋

目次

単行本　二〇一九年一月　文藝春秋刊
「ＡＮＮＩＶＥＲＳＡＲＹ」作詞・作曲　松任谷由実
ＤＴＰ制作　エヴリ・シンク

まつらひ

まつらふ

＝「奉《まつ》ル・祀《まつ》ル」の未然形に継続の接尾語「フ」の付いた形。

柳田國男はこれを「祭」の語源であるとした。

夜明け前

艶夢《えんむ》、というのだろうか。

舞桜子《まおこ》は最近、たびたびそういう夢を見る。

今年が初めてではない。今年が、というのはつまり、それが毎年この時季になるとくり返されてきたことだからだ。いつ頃から始まったのだったか、季節はきまって初夏から夏の終わりにかけて——舞桜子の嫁ぎ先である「萩原《はぎわら》農園」で、レタスの収穫作業が最盛期を迎える頃だった。

夢の中で、舞桜子はいつも〈ああ、またこの夢だ〉とはっきり思う。途中で目が覚めたことはない。抱き合っている相手の顔は見えなくても、それが夫の雅文《まさふみ》であることはわかっていて、だから急いで目を覚ます必要がないせいかもしれない。

だが、愛の営みと呼ぶには刺激の強すぎる夢だった。ふだんそれをする時には優しくおとなしい雅文が、夢の中では驚くほど激しい。舞桜子自身もまた、あまりに我慢がなかった。はしたなく、しどけなく乱れては、崩れて溶けた。

〈なあ、したかったんだろ。これがなくちゃいられないんだろ〉

〈そうよ、そうよ〉

〈待ってたんだろ。したくてしたくて、夜が待ち遠しくてたまらないんだろ〉

〈ああ、そうよ。やっとよ、やっと……〉

うわごとのように口走りながらしがみつき、脚を絡《から》めると、触れあう肌がしとどの汗にぬめり、すべる。

ふと、伽羅《きゃら》の香りが漂う。古い農家の仏間からだろうか、互いの軀《からだ》から立ちのぼる湿りけのせいで日中よりも甘く濃く感じられるその匂いを、鼻の奥深く吸い込み、陶然となって目を閉じる。全身を貫く感覚がますます強まり、舞桜子は足先をすりあわせて身《み》悶《もだ》えする。

そうして、終わると彼は言うのだ。

〈また、しような〉

舞桜子はなぜか、それに答えられない――。

＊

萩原舞桜子が生まれ育った町は、浅間山《あさまやま》の南麓にある。

長野県御代田町《みよたまち》。水道水のすべてをまかなえるほど地下水に恵まれたこの町はまた、当然のごとく、龍神に護られた町でもある。龍は古来、水を司る神だ。

毎年七月の終わりに町をあげて行われる「龍神まつり」――そのもとになっているのが「甲賀《こうが》三郎《さぶろう》伝説」だ。

一説に諏訪《すわ》大社の祖とも伝えられる甲賀三郎の伝説には、さまざまなバリエーションがあり膨大な数にのぼるが、その最初のかたちは、南北朝時代に記された『神道集《しんとうしゅう》』の中の「諏訪縁起事《えんぎのこと》」に見ることができる。

安寧《あんねい》天皇から数えて五代目の子孫、近江国《おうみのくに》甲賀権守《ごんのかみ》の三男である甲賀三郎諏方《よりかた》は、大和国《やまとのくに》を賜り、春日姫《かすがひめ》という美しい妻を娶《めと》った。しかし春日姫は、伊吹山《いぶきやま》の天狗にさらわれ、行方知れずとなる。

三郎は兄たちとともに国中を探し歩き、ようやく信濃国蓼科山《しなののくにたてしなやま》の人穴の底で春日姫を見つけて救い出すが、日頃から彼を妬み、また春日姫に懸想《けそう》していた二番目の兄・次郎《じろう》諏任《よりただ》の奸計《かんけい》により、自分だけ深い穴の底に取り残されてしまう。

地下世界の七十余国をさまよい歩いた彼は、最後に訪れた維縵国《ゆいまんこく》の主から鹿の生き肝で作った餅を与えられ、千枚食べ終えた時にやっとのことで地上に戻ることができた。

そこは浅間山麓の池であり、三郎が水に映った自身の姿を見ると巨大な龍に変わってしまっていたが、その後、仏僧たちの語る通りに身を浄《きよ》め呪文を唱えたところ、人の姿を取り戻し、さらに次兄に奪われようとしていた春日姫とも再会する。後に大陸へと渡って神通力を会得した三郎は、再び信濃国に顕《あらわ》れ、諏訪大明神の上社の祭神となり、春日姫は下社の祭神となった——。

もともとは非常に長大な物語である。それが、中世以降も各地の民話や浄瑠璃《じょうるり》などのかたちをとって口伝えに語り残され、単純化することで、全国に広く流布していった。御代田の「龍神まつり」のもととなった伝説もまたその一つだった。地底の国をさまよい歩いた甲賀三郎がようやく地上に顕れたその場所こそが、町に今も残る古刹・浅間《せんげん》山真楽寺《ざんしんらくじ》の池だというのである。

それゆえに、この町の「龍神まつり」はじつに見応えのあるものだった。

祭事はまず、伝説の中心・真楽寺の池で執り行われる「開眼式」によって幕を開ける。寺の僧たちによる般若心経に続いて厳かな銅鑼《どら》の音が重なり合って響きわたると、一年間の眠りから覚めた巨大な〈龍神〉がとぐろをするするとほどき、境内《けいだい》にある大沼の池へ入ってゆき、奉納の舞ののちに山を下って町内を練り歩く。

地元の男衆に担がれた四十五メートルの〈甲賀三郎龍〉の体軀《たいく》はおそらく、日本最長。女性たちが担ぐ三十メートルの〈姫龍〉や、小学生たちによる〈龍神丸〉〈雪窓丸〉もまたそれぞれ町のあちこちに出没する。

そうして、夜。広場の宵闇を縫って笛や鉦《かね》や龍神太鼓が轟きわたる中、龍神が上下左右に激しく軀をくねらせ、炎を吐きながら円を描いて駆けめぐり、やがて恋しい妻〈姫龍〉との邂逅《かいこう》を果たす。あとには大きな花火が次から次へと打ち上げられ、頭上の夜空を華々しく彩るのだ。

揃いの装束《しょうぞく》に白い地下足袋を翻《ひるがえ》して疾走する担ぎ手たちは皆、この一夜の晴れ舞台のために魂を賭けると言っても過言ではない。舞桜子も、それにもちろん夫の雅文も、何度か親しい友人やかつての同級生たちから、担ぎ手としての参加を勧められはした。

しかし、実際に加わったことはなかった。初夏から盛夏にかけてのこの時季は、レタスの栽培農家にとって一番のかき入れ時であり、一年ぶんの食い扶持《ぶち》をこの三か月ほどの間に稼がなくてはならない。祭りのために時間をさきたくても、とうていかなわないのだった。

母屋の敷地からほぼつながる十五ヘクタールが、「萩原農園」の畑だ。

レタス農家の朝は早い。午前三時には起き、まだ暗いうちに畑に出て出荷作業を始める。葉物野菜の中でもとくに柔らかいレタスは、日にあたればすぐに萎《しな》びてしまうため、朝日が昇りきるまでが勝負となる。

畑の一角、最も生育の進んだ畝《うね》に陣取って作業にあたる。母屋の離れに住み込みの学生たちと、近所の主婦。時にはそこへ海外から出稼ぎに来た人々が加わることもある。

今季は家族のほかに常時五、六名のアルバイトが働いてくれていた。

発電機が唸《うな》りをあげ、三脚付きの明るいライトが手もと足もとを照らす。

舞桜子は率先して立ち働いた。姑《しゅうとめ》の澄江《すみえ》は、日中は畑に出て葉の片付けなどをするが、朝だけは家に残って皆の食事の支度をしてくれている。となれば、農園の跡取りである雅文の妻として自分が模範を見せないわけにいかなかった。

起き抜けからずっと、頭の芯に鈍い痛みが居すわっている。夫の晩酌に付き合うのは日課だが、ゆうべ飲んだ発泡ワインがいけなかったのだろうか。考えてみれば後半の記憶がすっぽりと抜け落ちている。明日の朝も早いからと気をつけていたつもりだけれど、知らぬ間に量を過ごしてしまったのかもしれない。

薬を服《の》んでくればよかったと思いながら、目の前にまっすぐのびた畝にかがみこんだ。行儀よく並んだレタスをひと玉ずつ切り取っては、外側の傷んだ葉を取り去ったのち、うつぶせにしてビニールのマルチの上に置く。一歩前へ出て、次のひと玉。また進んでは、次の玉。

中腰がつらくなればしゃがみ、脚が痺《しび》れてくれば膝をつく。そのうちに、背中にも首にも腕にも痛みが溜まり、固く凝ってゆく。あとどれくらいかと目を上げても、畝は少し先で闇の中へと呑まれるばかりで終わりは見えない。気の遠くなる作業だ。

それでも、ゆるやかな丘陵に点在する周囲の畑のあちこちに、暗闇を照らす明かりがまるで遠い漁《いさ》り火のように点々と灯《とも》っているのは、物悲しく美しい眺めだった。一心不乱に作業するうち、ふと自分の手もとだけでなくあたり全体がぼんやり明るくなっていることに気づき、目を上げるとすでに夜が明けている。山の稜線が群青から薄水色に変化し、やがて緋色《ひいろ》にふちどられ、金色へと輝きを増して、空全体を淡い紫に染め変えてゆく。手を動かしながらその彩りの変化を眺めるのが、舞桜子は好きだった。夏だけの辛さがあるかわりに、夏だけの喜びもまたあるのだと思った。

ぱしっ、と音がして、冷たい水しぶきが頬にはねた。

思わずすくめた首をめぐらせると、すぐそばに夫の雅文が立って、笑いながらこちらを見おろしていた。

青いツナギの作業服の肩に、大容量の噴霧器を担いでいる。細い洗浄パーツの先から水を噴射しては、レタスの切り口から滲《にじ》む白い液を洗い流す、それもまた重要な作業のひとつだ。

「大丈夫か？」

見おろす夫の目もとが優しい。

「何が？」

「腰とかさ。あんまり無理すんなよ。また立てなくなるぞ」

舞桜子は、ちらりと横を見やった。何本か向こうの畝にかがむ主婦の耳を気にしながら、小声で応じる。

「いま無理しないでいつするの」

「そりゃそうだけどさ……」

呑みこんだ残りの言葉から、生まれつきそんなには丈夫でない女房を心配してくれる気持ちが伝わってくる。

「ありがと」舞桜子は微笑《ほほえ》んだ。「平気よ。ちゃんと腰ベルトもしてるし」

本当のことを言えば、腰よりも脚の痺れよりも、頭痛のほうがしんどい。夫に気づかれないように、帽子を直すふりでこめかみを押さえる。頬被りのような帽子はひさしが長く、日焼け防止のために首の後ろ側も花柄の布地で覆われていて、およそおしゃれとは言い難いが実用的ではある。

と、後ろから、ばす、ばす、とゴム長靴の足音が近づいてきて、ふり返れば一臣《かずおみ》だった。雅文の兄、萩原家の長男だ。

両脇に重ねて抱えた段ボールのうち一枚を、無言のまま手早く箱へと組み上げて舞桜子の目の前に置き、その先の畝の間にも数メートルおきに置いてゆく。あたりのレタスをちょうど無駄なく詰められる、そのために必要な間隔をよく知っているのだ。

「『無駄口たたいてねえで、手え動かせ』ってか」

後ろ姿を見送りながら苦笑した雅文が、じゃあな、と言い残して立ち去った。

雅文が三十四歳。三つ上の一臣は三十七歳。性格は正反対と言っていいほど違うのに、昔から兄弟仲は良かった。舞桜子自身、子どもの頃からずっと見てきたからわかっている。周囲の誰もが、「萩原農園」はいずれ兄弟二人が力を合わせてもりたててゆくものだと思っていた。

けれど一臣は、家業を継がなかった。東京の大学へ進み、卒業した後はそのまま向こうでＩＴ関連の会社に就職し、今は独立してフリーで仕事を取っている。

〈ああ見えてけっこう優秀らしくて、稼いでるみたいなんだわ〉

と、姑の澄江が困ったように笑いながら言っていた。

地元にはめったに寄りつかなかった一臣が夏だけ戻ってくるようになったのは、父親の繁夫《しげお》が亡くなってからのことだ。一家の長であった繁夫は農作業中に心筋梗塞《しんきんこうそく》で倒れ、救急車で運ばれたが間に合わなかった。あとに残された母親と、所帯こそ構えたもののまだ頼りない弟を、そのまま見過ごしにはできなかったのだろう。夏の繁忙期だけにせよ、ああして出荷作業を手伝いに帰ってくるようになった。

舞桜子がかがみこむ畝から少し離れたあたりで、雅文が短く霧を噴射しながらレタスの切り口を洗っている。そのさらに向こうでは一臣が、ひと玉ずつ拾いあげては箱に詰めている。

ぎゅうぎゅうにきつく詰めこみすぎれば葉が傷むし、かといって隙間を空けすぎても輸送中に動いてやはり傷む。うまく加減しながら箱詰めし、専用のホチキスで蓋《ふた》を留めてゆく。それらをトラックやトラクターに積みこむのは男たちの仕事だ。

きっちりとレタスを詰め終えた段ボール箱の重さは八キロから十キロほどあり、男たちはたいてい二箱重ねて運ぶが、一臣は常時三箱を、それも軽々と抱えあげた。それを横目で見ながら、雅文はいつも、

「だからさあ、兄貴はパソコンなんかいじってるよりかこっちが向いてるんだって」

文句とも称賛ともつかない言葉でからかうのだった。

収穫したレタスを農協の集荷場まで運び、畑に散らばった葉の掃除などをしているうちに、太陽はぐんぐん高く昇り、陽射しも一気に強くなってくる。

午前六時。舞桜子は膝に手をあてて立ちあがり、軋《きし》む腰を伸ばした。しつこかった頭痛は、いつのまにか薄れてほとんど消えたようだ。

大きく息を吸いこみ、声を張りあげる。

「はーい、休憩。朝ごはんですよー！」

毎年見ていると、男女問わず国籍問わず、若い者から先に立ちあがるのは同じだ。起き抜けから三時間も働かされ、すでに空腹の極みなのだろう。

畑から母屋までぞろぞろと歩いて戻り、姑の澄江が用意した朝食にありつく。焼き魚や煮物などのおかずと、あとは納豆に味噌汁といった簡素な献立だが、誰も文句など言わない。澄江の料理の腕は確かだ。

おかわり、と次々に茶碗が差しだされる。受け取っては炊《た》きたての白い飯をよそう舞桜子に、四歳になった美菜《みな》が甘えて抱きついてくる。

「こーら、今はだめ。パパのところでじっとしてなさい」

たしなめながらも厳しく叱れないのは、舞桜子こそが娘と一緒にいてやりたくてたまらないからだ。

午前三時過ぎ、両親が畑に出るとき、美菜はぐっすり眠っている。一度寝てしまえば起きない子だし、家には〈ばあば〉がいるから、幼い彼女にそれほど寂しい思いはさせていないはずなのだが、母親としてはいつもどこかしら後ろ暗い気持ちがある。四六時中、一緒にいられなくて寂しいのはむしろ舞桜子のほうなのだ。

手招きされ、まろぶように走っていった美菜が、父親に抱きついて笑み崩れる。

「よーし来たかぁ」

雅文もまた満面の笑みで愛娘を抱きあげ、あぐらの上にのせてやる。その目がふと動いて、舞桜子のほうを見た。

微笑みを返して目を伏せ、湯気の立つ味噌汁を椀によそう。

(ああ、なんて……)

なんて幸せなのだろうと、沁《し》みるように思った。

何もかもが満ち足りていて、いっそ不安を覚えるほどだ。

＊

小学校に上がるより前から、舞桜子は、雅文だけを愛していた。好き、などという言葉では足りない。幼いながらに、それはまぎれもなく、愛、だった。

次男坊はやんちゃに育つことが多いものだが、雅文は、舞桜子のたった二つ年上とは思えないほど落ち着いていて優しく、誰に対しても公平だった。

当時はいささか腺病質だった舞桜子が寝付くたび、彼は兄とともにわざわざ来ては話し相手になってくれた。引っ込み思案な少女との要領を得ない会話になど、一臣はすぐに飽きて漫画を読むかゲームを始めたが、雅文のほうは親身になって話に付き合い、時には遅れている勉強を見てくれたりもした。

少年二人がおよそ遠慮なしにふりまく、野蛮なほどの健康さが羨《うらや》ましかった。そんなとき舞桜子は常にも増して寂しくなり、甘えたくなり、体のしんどさをいささか大げさに訴えて雅文の同情をひこうとした。

意外なことに、熱っぽい額にのせてもらって純粋に心地よいのは一臣のてのひらのほうだった。いつ触れても、まるでたった今しがた湧き水に浸けてきたかのように冷たい手を、一臣は弟から言われてしぶしぶ舞桜子の額にのせた。いかにも面倒そうなわりに、指先が彼女の熱に温められるまでの間だけは、読みかけの漫画に戻りたいのをじっと我慢していてくれた。こんなふうに二人から構ってもらえるのは、自分が病気がちだからだ。そう思うと、身の裡《うち》にこもる熱さえも愛しく感じられた。

中学に進む頃には抵抗力がつき、体はほぼ健康を取り戻したが、元来おとなしい性格のせいもあって、男子との付き合いには消極的なままだった。例外は、ここでもやはり雅文で、二年あとを追いかけるように同じ高校へと進むと、舞桜子は彼が部長を務める軽音楽部に入り、一生懸命に彼の好きなバンドのアルバムを聴きこんだりなどして共通の話題を増やそうとひたすら努めた。今ふり返ると自分でも涙ぐましく思えるほどの健《けな》気《げ》さだった。

高校を卒業すると、雅文は進学せずに家の仕事を手伝うようになり、舞桜子はまたその二年後に学校推薦で長野の短大へ進んだ。

いっぽう、一臣はとっくに東京で就職していたが、家族が嘆くほど梨のつぶてだった。

〈長男のくせに家を継がないなんてわがままを許してるんだから、せめて盆休みの間くらい手伝いに帰ってきてもバチは当たらないだろうにさ〉

澄江がよくそんなふうに愚痴をこぼしていたのを覚えている。何しろ彼は、学生時代の四年間も一度として帰省することはなかったのだ。

そうこうするうちに季節は過ぎ、年が経ち、雅文と舞桜子は当たり前のなりゆきのように結婚した。二十六歳と二十四歳。田舎の、それも幼なじみ同士の結婚としてはそれでも遅いほうだったろう。

今では舞桜子もすっかり健康体と言える。二人の間に、夫婦のことも普通にあった。けれど、それから三年の間、子どもが生まれる気配はまったくなかった。

たった一日も遅れることなく毎月の生理が来るたび、舞桜子は、体を丸めて泣いた。どうして。こんなに仲が良くて、これほど深く愛し合っている自分たちのもとへ、どうして赤ちゃんはやって来てくれないのだろう。後先考えずにセックスをして瞬《また》く間に妊娠し、授かり婚だなどと開き直る人たちが山ほどいるというのに、どうして私たちだけがこんな思いをしなくてはならないのだろう。いったい何がいけないというのだろう。

義理の両親ははっきり口にしなかったが、内心の焦りはやはり漏れ伝わってくる。辛かった。何も言われないことでかえって責められているような気がした。あながち思い過ごしでもなかったのだろう。結婚四年目の秋口、ようやく子どもができたとわかった時、最も喜んだのは姑の澄江だった。妊娠を告げた舞桜子が戸惑うほどの喜びようだった。

〈あと一年早かったら、お父さんにも会わせてやれたのにねえ〉

しきりに涙を拭きながら澄江は言った。繁夫はその前年に倒れて亡くなっていた。

〈すみません〉

舞桜子が頭を下げると、

〈あんたが謝ることじゃないに。これぱっかりは授かりもんなんだからさ。ああ、でも、本当によかった。雅文はほら、おたふく風邪のひどいのを、大人になってからやったでしょう。こう言っちゃ身も蓋もないけど、なかなか赤ちゃんができなかったのは、ね、あの子のアレが薄いせいなんだと思うだわ。あんたのせいなんかじゃないんだから、何にも謝ることはないどころか、こっちが御礼を言わなくちゃ。ありがとう、舞桜ちゃん。ほんとにありがとう〉

ごめんねえ、つらい思いをさせたねえ。

雅文とよく似た、困り顔のような笑顔で優しくいたわられ、どっと涙があふれた。

慣れない子育ての一日一日はおそろしく濃厚だったはずなのに、ふり返ってみれば早いものだ。そうして生まれた美菜が、この五月で四歳になった。

あっという間の四年間だった。女の子は言葉が達者というが、美菜も最近ではずいぶんとおしゃまで生意気なことを言うようになってきて、時には雅文をたじたじとさせている。可愛くて愛おしくてたまらなかった。

姑も、もちろん夫も、ほんとうはもう一人、男の子を望んでいるのはわかっている。産むとするならば、残り時間は少ない。急ぐ必要がある。

しかし、そう、こればかりは授かりものなのだ。またひょっこり子どもが出来たなら、男であれ女であれ変わらずに嬉しいけれど、たとえ出来なくてもそれはそれで仕方がない。今なら落ち着いてそう思える。正直なところ舞桜子としては、とにもかくにも娘一人を産み上げ、自分の身体には母親になる能力が備わっているのだと周囲に証明できただけで肩の荷が下りた思いだった。

雅文は、何も言わない。彼からすれば、家業を継ぐために同居まで受け容《い》れてくれた妻への気兼ねもあるのかもしれない。言葉少なではあるが、いつも寄り添うように舞桜子と美菜のそばにいる。

夜の生活も、変わらずに充実していた。娘を同じ部屋で寝かしつけてのことだから、穏やかな睦《むつ》み合いではあるものの、雅文の愛撫はどこまでも丁寧でしつこいほどだった。彼の指や舌で嬲《なぶ》られると、舞桜子は何度も達した。階下で眠る姑にはもちろんのこと、夏の間、隣の六畳間で寝起きしている一臣にはなおさら気づかれたくなくて、布団や枕の端を噛みしめ、漏れそうになる声を押し殺す。堪《こら》えれば堪えるほど、まぶたの裏で炎のような赤が爆《は》ぜた。

それなのに、まだ、あんな……あんな夢を見ようとは。

どれだけ欲求不満なのだと自分にあきれる思いだ。

昼間、炎天下の作業中にうっかり思いだしてしまうと、しゃがんでいる脚の奥がきゅっと収縮し、そのあと、ゆうるり潤む。尿意とはまるで違うのに、追われるようなせわしなさではどこか似通ったその感覚が、尾てい骨のあたりから背筋を這いのぼって舞桜子を急き立てる。唇からこぼれ出る熱い吐息は地面から立ちのぼる熱に紛れて溶けた。

ほんとうのことを言えば──ほんとうに包み隠さず正直なところを言えば、もっと本能のままに激しく雅文に抱かれてみたいのだった。夢の中と同じく、牡《おす》の器官で荒々しく自分の中をかき回し、言葉の通じないけもののように犯してほしい。懇願など一切聞き入れず、あくまで強引にふるまってほしい。他は何ひとつ申し分ない夫なのだが、セックスの時だけはあの優しさと穏やかさがもどかしい。

雅文に向かって、もっとどうこうして欲しいなどと要求したことはない。当たり前だ。あの完璧な夫に対してそんなことを願ってしまう自分のはしたなさを、舞桜子は恥じた。

幼い頃から恋い焦がれた相手と、周囲の祝福を受けて結ばれ、時間はかかったものの念願の子を授かった。その子はといえば親の欲目を差し引いても美しく、健《すこ》やかに伸びやかに育っている。姑は理解があり、農園の運営についてもとくに大きな問題はなく、収入は右肩上がりとは言えないまでも充分に黒字を保っている。

何ひとつ不足はないと言っていい。

それなのにこの、急きたてられるような焦りは何なのだろう。夢の中に忘れ物をしてきたかのような……何か大事なことを自分だけが思いだせずにいるような。

畝の間に落ちている葉屑《くず》を取りのけたり、ビニールのマルチに苗を植えるための丸い穴を開けたりといった作業に、手だけは休みなく動かしながら、ぼんやりと曖昧《あいまい》な記憶をまさぐるうち、ふとまた昨夜の夢の断片が脳裏をよぎった。

〈これがなくちゃいられないんだろ〉

鼓動が不穏に奔《はし》る。

〈したくてしたくて、夜が待ち遠しくてたまらないんだろ〉

息を乱し、腿をそっとこすり合わせたとたん、

「舞桜ちゃーん」

呼ばれて飛びあがった。

目を上げると、何本も平行して伸びる畝のすぼまった先で、澄江が手招きしていた。

そばでは幼い美菜も手を振っている。

耳朶《じだ》まで火照るほど恥ずかしかった。

＊

祭りの準備はすでに始まっていた。〈保存会〉に所属する地元の男衆は今ごろ、間近に迫った本番に向けて練習に精を出しているのだろう。夕暮れ時、車の窓を開けて町なかを走っていると、にぎやかな笛や太鼓の音が聞こえてくることもあった。

レタスの収穫はますます忙しくなっていた。心配されていた値崩れも今年は何とか免れそうで、そうとなれば作業にも俄然、気合いが入る。ひどい時など市場にだぶついて売れないレタスを加工用に出荷するしかなく、野菜ジュースのためにこんなしんどい思いをするくらいならと泣く泣く廃棄を選んだ年さえあったのだ。精魂こめて育てたレタスをレタスとしてまともに出荷できるなら、どんなに辛くても頑張れる。雅文はそう言って、あの優しい顔で笑うのだった。

日が昇ってからは基本的に収穫をしない。向こうで澄江と美菜が立ったりしゃがんだりしているのは、畝の間に落ちた葉屑を拾うためだ。

舞桜子は、生育中の玉が並ぶ列にかがみこみ、根元から一緒に生えている雑草を抜き取っている。落ちた泥がレタスの葉に付くと病気にかかることもあるので、一つひとつの動作に細心の注意を払わなくてはならない。

夏の太陽が大地を炙《あぶ》るように照りつける。長袖や帽子でどれだけ防いでも、地面からの照り返しを避ける術《すべ》はない。ビニールのマルチがレフ板のようになって光を反射するのでなおさらだ。それでも雨の日の作業よりははるかにましだった。水を吸っていつもの数倍も重くなる段ボール箱を、ぬかるみに足を取られながらよろよろと運んでいると死にたくなる。

こうしてうつむいている間も、視界の端を人影がいくつも行き交う。いちいちそちらを見なくても、雅文と一臣の姿はすぐにわかる。一歩一歩にこめられた自信の重みが違うのだ。為すべき事を正しく把握している男たちの足取りだった。

流れ落ちる汗を拭こうとして顔を上げると、軽い眩暈《めまい》を覚えた。頭も少し痛む。昨夜は夫に勧められてもほとんど飲まなかったのに、布団に入ってから寝付くまでのことを覚えていない。それでも夢は見た、と思う。ふわふわと記憶の中を漂う断片を拾い集めてみるだけでも、とうてい口に出せないような夢だった。

数本の畝をまたぐように停まっているコンテナ付きのトラクターは、今はすっかり手持ちぶさたに見える。そのそばで、兄弟が黙々と働いている。兄はエンジンの具合などを確かめ、弟は車体やコンテナの泥を拭って掃除しながら、互いに言葉はほとんど交わさない。一見すると静かなその光景を、それぞれのシャツの背中に滲む汗染みの大きさが裏切っている。

今でこそ大人の態度を身につけた一臣だが、昔はあんなふうではなかった、と舞桜子は思う。

乱暴な物言いや荒っぽい仕草が、あの頃はとても苦手だった。雅文とは性格ばかりか顔立ちや体格もかなり違っていて、二人の間に血のつながりがあることのほうが不思議に思えたものだけれど、あらためてこうして見れば、いつの間にどちらが歩み寄ったものか、知らない者がぱっと見てさえ兄弟だとすぐにわかる。雅文の顔を形づくる繊細な線、秀でた額や端整な鼻すじ、その一つひとつをすべて太く荒削りにすれば、そのまま一臣のそれに重なるのだった。

その晩のことだ。いつものとおり、畑から戻ってまず風呂を済ませ、夫婦と娘と澄江、それに一臣を加えた五人で夕食を食べ、おやすみを言って二階へ引き取った後になって、ふと雅文が言った。

「何だかんだ言ってもさ。親父とおふくろは、兄貴にこそ跡を継いで欲しかったんだよ」

急にどうしたのだろうと、舞桜子は驚いた。

一臣はまだ下の居間で澄江とテレビを見ている。ひな壇芸人のどっと笑う声が階段をのぼって届き、閉めた襖《ふすま》越しに漏れ聞こえていた。

「そりゃ、前はそうだったかもしれないけど……」

そっと見やると、美菜はすでに寝入っていた。こうなったらまず朝まで目を覚ますことはない。赤ん坊の頃から夜泣きも少なくて、ほんとうに楽な子どもだった。寝顔を見ながら、舞桜子は慎重に言葉を選んだ。

「今のあなたに対して、お義母《かあ》さんは何ひとつ文句なんてないはずだよ。お義父《とう》さんが生きてても同じだったと思う」

雅文は微苦笑を浮かべたが、うなずきはしなかった。

「ねえ」

思いきって訊いてみる。

「うん？」

「どうしてカズくんは、この家を継がなかったの？」

一瞬、雅文が答えに詰まるのがわかった。

「どうしてって、だからそれは……」

「ITこそが本当にやりたいことだったっていうならともかく、カズくんの場合、そういう感じでもなかったでしょ。違う？」

雅文は黙っている。

このことについて何かを訊くのは初めてだった。もしかして一臣は、レタス農家を継ぎたくなかったわけでも、東京へ出たかったわけでもなく、ただこの土地にいたくなかっただけなのではないか――以前から舞桜子はそのことを感じ取ってはいたが、理由についてはなぜか訊けなかった。訊いてはいけないことのような気がしていた。

「よく、わからねんだわ」

と、やがて雅文は言った。

三つ並んだ布団の一番端、愛娘の寝顔をじっと見やる。

「昔から、何ていうかこう……自分を曲げたり、他人に縛られたりするのが大嫌いな人だったからさ。そういう性分はもう、兄貴自身にもどうしようもなかったんじゃねえかな。ああやって夏だけでも帰ってきてくれるようになったのが信じられないほどだって、おふくろが喜んでたよ。俺だって、その、いろんな面で助けてもらってるし。ありがたいよ」

夫は、酔っているのだろうか、と舞桜子は思った。その口調に卑屈さや嫉妬などはまるで感じられないのに、固くこわばったような違和感がある。

目だ、と気づいた。蛍光灯の下で茶色がかって見える雅文の瞳が、ビー玉のようにつるりとして動かない。

自分の知らない夫の顔を見てしまったようで、うっすらと怖かった。

＊

そうして、祭りの日がやってきた。

家にいても畑にいても、昼のうちから華やいだ気配が風に乗って伝わってくる。龍神の杜公園の広場で行われているイベントのアナウンスや、祭り囃子《ばやし》、流行《はや》りの音楽、あるいは試しに打ち上げられる花火の音。

興奮した美菜はいつもの昼寝の時間にもさっぱり寝ようとせず、はしゃいだり、急に半べそをかいてぐずったりと落ち着かなかった。

「私たちも、今日は早めに切りあげようかね」

軍手を脱ぎ、やれやれと腰を伸ばして澄江が言った。

アルバイトの学生たちには午後から半休を伝えてあったので、どうやら皆連れだって屋台などを冷やかしに出かけたようだ。

「あんたたちは何時ごろから見に行くだかい？」

「どうしようかと思って。雅文さんは、夜の部が始まる一時間くらい前に行って、屋台の焼きそばとかで晩ごはん済ませちゃおうか、なんて言ってましたけど」

「いいんじゃないかい、たまにはそんなのも。年にいっぺんのお祭りだもの」

「お義母さんも行くでしょう？」

「そうだねえ。久しぶりに出かけてみようか。美菜は初めて見るんだもんね、あのでっかい龍神さんを」

「泣いちゃうかな」

「無理ないよ。何せ、お獅子よりおっかないご面相だに」

「おまけに目は光るし」

「火は噴くし」

想像して顔を見合わせ、澄江と舞桜子は笑った。

しきりに面倒くさがる一臣までも無理やり誘って、二台の車で出かけたのは夕方五時過ぎだった。軽トラックに一臣と澄江。舞桜子と美菜は、雅文が運転するワンボックスのワゴンに乗り込む。

駅前までの道は毎年この日だけ通行止めなので、近くのパチンコ店の駐車場に車を停めて歩いてゆく。夏の夕暮れ特有の、湿気をたっぷり含んだ甘ったるい空気が毛穴をふさぐようにまとわりつき、少し歩くだけでもう背中を汗が流れ伝わる。

道の両側にずらりと並んだ屋台をジグザグに覗いては物色し、夕食代わりにお好み焼きを買い、焼きそばを買い、タコ焼きを買った。アニメのヒロインのお面を美菜にせがまれて根負けしたのは一臣だった。

龍神の杜公園のベンチにようやく空きを見つけ、まずは子どもに食べさせてから大人たちが腹を満たす。舞桜子と澄江が帰りは自分たちが運転するからいいと言っているのに、兄弟はそろってノンアルコールのビールを飲んだ。

「いいよ、お祭り気分だけで充分酔えるし」と雅文は言った。「帰ったらまた飲み直すから」

畑で迎える夜明けとは逆だった。気がつけば目を凝らさないと手もとが見えなくなっていて、見上げる空はもう暮れているのだった。

いよいよ中央の広場で龍神の舞が始まる。観客席はすり鉢状になっているが、昼間から場所取りをしていた人々はともかく、その周囲にも大勢の人だかりが出来ていて、ひしめく頭の間からどうにか透かし見るのが精いっぱいだ。

「みえないー」

　雅文が抱きあげてやっても、

「みえないよ、みえないよ」

　むずかる美菜を、隣から太い腕がひょいと抱き取り、高々と頭上にかかげてから自分の首にまたがらせた。

「かたぐまー！」

　嬉しげな歓声が響く。

「かたぐるま」

「かたぐーまー！」

「どうだ、見えるか」

「みえる！」

　小さな膝小僧から下をしっかり両手で押さえている一臣と、その頭にしっかりつかまる娘。

　二人の横顔が広場の松明《たいまつ》に照らされて赤く輝く。血のつながった伯父と姪とはいえ、よく似ている。会う人みんなから「将来きっと美人になる」と言われる愛娘の、どこかしら挑戦的な面差《おもざ》しは、父親である雅文よりもむしろ伯父のほうに近い気がする。

　龍神太鼓が轟き、祭り囃子が響く。銅鑼が打ち鳴らされ、松明が燃え、やがて〈龍神〉甲賀三郎が滑るように広場へと入場する。

マイクを通じて、紙芝居並みに簡略化された「甲賀三郎伝説」が語られ始める。

美しい姫に横恋慕した兄たちの悪だくみにより、地の底に落とされてしまった甲賀三郎諏方。数多《あまた》の艱難《かんなん》辛苦を乗り越え、地上に戻ってきた彼は、自分と同じく龍の姿となってまで夫だけを待ち続けていた姫と感動の再会を果たす。

ナレーションを聞き終えたところで、ふ、と一臣が鼻を鳴らしたように思ったのは気のせいだったろうか。

銅鑼が鳴る。何度も鳴る。

しずしずと全身が現れ、広場いっぱいに大きな円を形づくったところで、龍はいきなり疾走を始めた。同時に、笛も鉦も太鼓も激しくなる。

巨大な頭部を載せた輿《みこし》は四、五人が力を合わせて担ぎ、長い体軀の下に伸びる支柱は五十人からの男たちがそれぞれ支えて、走りながら右へ左へと地面をこするほど大きく倒すと、ほんとうに龍が軀をくねらせているような動きが出る。

赤い眼が爛々《らんらん》とあたりを睥睨《へいげい》し、鱗《うろこ》のはえた体が炎を照り返しながらうねる。支柱を夜空に高く突き上げ、若衆たちが疾駆する。息の切れた者から控えの担ぎ手と入れかわる。白い地下足袋が闇に際立つ。砂を蹴散らす足音が笛や太鼓と入り混じる。

まなこを光らせ、口からはごうごうと炎を吐く龍に、きっと泣くと思っていたのに美菜は泣かなかった。見入ると言うよりは魅入られたかのように息を吞み、一臣の額にぴたりと幼い両手をあてたまま、生まれて初めての龍神の舞を見つめていた。

小一時間ほどもたっただろうか。すべての舞が終わり、入ってきた時と同じように龍たちが静かに広場を去ってゆくと、どーんと空気を振動させて夜空に花火が散った。

口を開けて眺めていたのも束の間、舞桜子はつんつんと髪を引っぱられて首を巡らせた。まだ肩車してもらったままの美菜が言う。

「わたがし」

「え、今から？　お祭り、もう終わっちゃうよ」

「やだ。わたがし」

「ああ、そうだった。さっき私、約束しちゃったんだわ」

息子たちの体の向こう側から澄江が言い、一臣の顔を見上げた。

「そのまんま一緒に行っといでよ」

「ええ？　おふくろが約束したんだろ」

「いいじゃない。行ってきてよ」

すると、雅文が言った。

「いいよ、俺が行ってくる」

兄の肩から娘を抱え下ろし、手を引いて歩きだす。美菜がふり向き、ちょこんと首をかしげて手招きした。

「ばあばもおいで」

あまりにも愛らしい仕草に、たちまち澄江が相好《そうごう》を崩す。

「はいはい、じゃあ一緒に行こうかね。あんたたち、ちょっとここで待っててよ」

後半は一臣と舞桜子に言ったのだった。

Mの字で手をつないで歩く三人の背中を見送りながら、

「最初から自分が行きゃいいじゃないかよ」苦笑混じりに一臣が言った。「甘やかし過ぎだよ、おふくろ」

舞桜子は何と返事すべきか迷い、何も言えないまま口をつぐんだ。思えばこの夏、一臣と二人きりになるのはこれが初めてなのだった。

頭上で花火が弾《はじ》ける。色とりどりの火の粉が弧を描き、濃紺の空を伝い落ち、そのあとを追いかけて太い音が腹に響く。すぐ真上にあがるものだから、風向きによって火薬の匂いが漂ってくる。

夢中で見上げていると、ふ、とまた鼻を鳴らす気配がした。

一臣がこちらを見おろして笑っていた。いささか皮肉な笑みではあったが、目尻に寄る皺《しわ》がそれを裏切っている。

束の間と言うには長すぎる数秒の間、視線が絡みあう。その黒々とした目の奥をもっと覗きこんでいたい衝動に駆られ、引き込まれるような懐かしさを覚えて、舞桜子は狼狽《うろた》えた。そんなふうに思わせる出来事が、たとえば幼い頃やあるいは近年にでも、何かこのひととの間にあっただろうか。覚えがない。

自分から顔をそむけた。とても目を合わせていられなかった。

いったいどうしてしまったのだろう。突き上げる衝動を抑えようとすると脈が奔り、躯が勝手に熱を帯びてしまう。したい。今すぐあれをしたい。焦がれる自分が信じられない。頭がおかしくなったとしか思えない。

頑なにうつむいていると、注がれる視線の圧がすっと弱まった。一臣が、視線を空へと戻したのだった。

舞桜子はそろそろと息を吐いた。この吐息がどうかあたりの熱気に紛れてほしい。紅潮した頰に誰も気づかないでいてほしい。祭りの雰囲気に舞い上がり、花火の色に酔っただけだ。本当にそれだけだ。

雅文が戻ってきた。独りきりだった。

「美菜は？　お義母さんも」

舞桜子が訊くと、

「あ、うん、先に帰した。疲れたの歩けないのって駄々こねるから」

「どっちが？」

すかさず訊いたのは一臣だ。

噴きだした雅文が、どっちもかな、と言った。

＊

澄江たち二人が軽トラックのほうに乗っていったので、帰り道はまたワゴン車だった。ハンドルは今度も雅文が握った。

「まっすぐ帰るのもつまらんな」

と、後部座席から一臣が呟《つぶや》く。

「何言ってるの。明日も早いよ」

つい先ほどの気まずさをぬぐい去りたくて言ったのだが、

「なあ」

舞桜子を無視して、一臣は運転席へ声をかけた。

「このまま、行くぞ」

どこへ？　と夫が訊くものと思ったのに、雅文は黙って前を見つめているだけだった。

途中で国道沿いのローソンに寄った。さっきのは、コンビニのことを言ったのだろうか。明るい扉を押して店へと入っていった一臣が、待つほどのこともなく袋をさげて出てきて再び後部座席に乗り込む。

がさごそと広げた袋の中には、ビールと缶コーヒーが二本ずつ、それに果実の缶チューハイが入っていた。桃のカクテル。舞桜子がいつも飲むのと同じシリーズのものだ。

当たり前のように差しだされたビールを雅文が受け取り、プシ、と開ける。

「え、マサくん、運転は」

「大丈夫。兄貴と代わる」

あおるように顎《あご》を上げて飲む夫を、舞桜子はどこか釈然としない思いで見やった。なぜだろう。彼が貝みたいに閉じてしまった感じがする。

プシ、とまた音が響く。ふり返るとカクテルを手渡された。開けてくれたのか。なんと面倒見のいい。

「ありがとう」

素直に礼を言って口をつけた。

カロリーオフをうたって人工甘味料を使っているせいか、へんな甘苦さが舌の根に残る。ずっと好きでリピートしていたはずの果実のカクテルも、ここ最近は前ほど美味《おい》しいとは思えなくなっている。

「行こうか」

雅文が後ろへ行き、兄と運転を代わる。一臣は、そろりと車を出しながら、舞桜子に言った。

「それ、ぬるくなる前に飲んじまいな。美味しくなくなるぞ」

「そうね。はい」

おとなしく口に運び、半分ほどを喉に流し込む。焼きそばやお好み焼きなど、味の濃いものばかり食べて喉が渇いていたぶん、冷たい飲みものはありがたかった。

祭りの後だけあって、いつもの週末のこの時間よりも国道を走る車が多い。だいぶ先の信号が赤にかわるのを見て、一臣は方向指示器を出すとハンドルを左に切り、横道に入った。舞桜子の知らない道だ。

「これって、裏道？」

「……まあね」

車が多いといったところで、渋滞しているわけでもないのに不思議だった。

いつのまにスイッチを入れたのか、カーステレオから音楽が流れている。誰の曲だったろう。よく知っている気がするのに思いだせない。一臣はハンドル越しに目の前の闇をにらんでいる。近道をしたわりに、なかなか家に着かない。もうとっくに帰り着いていてもおかしくないはずなのに。

カクテルの残りを飲み干し、缶をどうしようかと考えていると、後ろから手がのびてきて受け取ってくれた。誰だっけ、と思う。べつに、誰でも、いいけれど。

流れる音楽の中からギターだけが勝手に飛びだしてきて、不思議な旋律《せんりつ》を奏で始めた。音が歪《ゆが》んで聞こえる。頭の中でくわんくわんと反響する。音符そのものがあぶくのように浮きあがり、あたりを漂い、車の天井にぶつかってフロントガラスに跳ね返る。街灯の光が目に突き刺さるほど眩《まぶ》しく、赤いタコメーターは溶けて、空中を液体のようにこちらへ流れてくる。

おかしい、と初めて思った。おかしい。何か、変だ。

いったいどこをどう走ったのかわからないまま、時間の感覚さえ後ろへ飛び去っていった頃、車は止まったようだ。あたりは真っ暗で何も見えない。

かすかにエコーする声に向かって、かろうじて頷《うなず》く。ふわふわと軀が宙に浮かび、少しだけ乗り物酔いに似た感じがするけれど気分はそう悪くない。むしろ、気持ちいい。

「舞桜子、大丈夫か？　気持ち悪くない？」

遠く、雅文の声が響く。聞き取ろうと耳をすませた。

「舞桜子」

助手席側のドアが開けられるなり、転がり落ちそうになった。がっしりとした腕に支えられ、なんとか立とうともがくのだが、重力が百倍になっていて、足の裏が地面にめり込む。

抱き上げられた。コマ送りのように切れぎれの視界に映るのは、たぶん雅文ではない男の喉元、あたりに広がる暗い林、ワゴンの後ろのドア。そしてそれが大きく開けられ、次に見上げたのは車の天井だった。後部シートを取り払ったあとの荷台スペース、ふだんはレタスの箱などが積まれているところに、舞桜子は仰向けに横たえられていた。背中に触れるキルト地の敷物は表面がひんやり冷たく、けれどじきに温かみを感じた。

雅文が上から覗きこんでいる。わずかな月明かりを反射して、へんに動かない瞳がビー玉のようにつるつる光る。

「怖く、ないよ」

ふだん幼い娘に言い聞かせるような口調で、雅文は言った。

「いつもの部屋じゃないけど、安心してな」

伽羅の香りがする。ここがどこだかわからなくなる。服を脱がされてゆく。鉛の重さの腕を、一本ずつ袖から抜き取られる。

覆いかぶさってきた。愛撫が始まると何も考えられなくなった。だめ、やめて、カズくんが見てる。そう思いかけてから、一緒にいたのは勘違いだったかもと思い直した。彼が一緒にいるなら、夫がその目の前で堂々とこんなことを始めるわけがない。

ほっとして目を閉じ、軀の中で響きわたる旋律に耳をすませた。彼の指が、舌が、舞桜子の軀を自在に奏でる。満ち引きする快楽は美しい音楽に似ていた。

入ってくる。押し分けられる。あまりの快感に舞桜子が思わず声をあげ、慌てて堪えようとしたとたん、

「我慢するなよ」

低い声が言った。

「誰も聞いてない。今夜は俺らだけだ」

熱い息が耳もとにかかる。

舞桜子は呻《うめ》き、しがみついた。太い腱の浮きあがる首。分厚く堅い胸板。すがりつき、相手の律動に合わせて自分からも腰を突き上げながら、おかしい、おかしい、と思う。夫の首はこんなに太くない。胸板だってこれほどには堅くない。

鉄の水門のようなまぶたをようやく力いっぱい持ちあげると、細く開いた視界に映ったのは、夜目にも浅黒い肌だった。鋭利な小刀で荒削りに仕上げられたような陰の深い

目もと。黒目がちの濃い眼差しが覗きこんでくる。

しばらく、ぼんやりとその顔を見上げていた。痺れた頭の片隅で、どうしてこんなことが、と思った。しかも、これが初めてではない。ここ最近、何度かにわたって——もしかすると昨日も、一昨日も、そうだ、二階の隣の部屋で〈彼〉は自分を抱いたのではなかったか。

夢なんかではなかったのだ、全部。

悟った瞬間、いきなり強く突き上げられて背中が反り返った。混乱の中、片脚を高く抱え上げられ、角度を変えて責め立てられる。

つながっているのが一臣だと気づきながら、どうして拒めないのかがわからない。なぜこんなことをされているのかも。拒まなくては、抗わなくては。思うのに、軀が動かない。

気づいている、と相手に知られるのが怖くて、正気でないふりを続ける。そんな中でも押し寄せる快感は本物で、それどころかふだんよりもはるかに刺激が強くて、耐えきれずに舞桜子が息を乱すと一臣の動きがさらに激しくなった。

視界の端に、夫が映る。微動だにしない。暗がりから目を凝らすようにしてこちらを見つめている。自分の妻を兄が犯すのを真横で見ながら、止めに入るどころか興奮に息を荒くしているのだ。信じられない。あの雅文が、と思うとなおさら信じられない。

一臣が無言のまま挑んでくる。何度も何度も強く奥を突かれ、舞桜子はとうとうまた声をあげた。一度解放してしまうと、こらえられなくなった。

「舞桜……」

一臣がとうとう呻いた。

「ああ、舞桜子」

胸を衝《つ》かれた。こんなにも長い付き合いだというのに、彼のほんとうの声というものを生まれて初めて聞いた気がした。

脚をつかんで大きく左右にひろげられ、再び奥を暴かれる。自分の喘《あえ》ぎ声が恥ずかしい。

「もっと叫べよ。誰にも聞こえない」

うそだ。夫が聞いている。今この時、妻が正気だとは気づかないまま、息がかかるほどすぐそばで、私たち二人の狂態に目を凝らしている。

思ったと同時に、異物を呑みこんでいる内側全部がまるで今にも甘ったるく腐ってゆく桃のように熟れ、崩れ、溶け落ちた。

＊

たまたま、だったのだろう。たまたま、これまでとはいくらかの時差があったというだけのことらしかった。途中からはやはり意識が朦朧《もうろう》となり、時間がごっそりと失われ、気がつけば舞桜子は家の布団に寝ていた。

小さな音でしつこく鳴り響く携帯のアラームを止めながら、ああ、またあの夢、と思いかけて——吐きかけた息が止まった。

そろりと脚の間に手をのばす。軟らかく合わさった肉をてのひらで包むように押さえると、重たく鈍い痺れがまだ残っていた。燠火《おきび》が再び息を吹き返しそうで、慌てて手を放す。

今まではこれを、雅文との行為によるものだと思いこんでいたのだ。だって、そうだろう。夫と同じ部屋で寝ていながら、交わったのが他の誰かだなんて、およそ考えつくはずもない。

隣の布団で、雅文が低く唸り、ごそごそと寝返りを打つ。このひとが、黙って兄との交合を見ていたなどとはまだ信じられなかった。彼に対していったいどんな態度を取ればいいかわからない。今は顔を見たくもない。

雅文は布団の上に起きあがり、眠い目をこすりながら豆電球を灯すと、

「おはよう」

いつもと同じ優しい顔で舞桜子に笑いかけた。

「——おはよう」

と、舞桜子も言った。

それでも、夜明け前の作業を休むわけにはいかないのだった。自分が休めばそれだけ出荷が遅れるというだけでなく、男たち二人から変に深読みされるのが嫌だ。家で寝ていたとして、姑から気遣われるのももっと嫌だ。いま澄江と話したら、よけいなことを山ほど口走ってしまう。

レタス畑の上に広がる闇はまだ濃い。

発電機の唸りと強いライトの輪の中で、雅文も、一臣も、まるで何ごともなかったかのように精力的に立ち働いている。あたりはまだ肌寒かったが、彼らの背中にはすでに汗が滲み、衣服がそこだけ濃い色に変わっているのが見て取れた。

舞桜子は、水っぽい空気を鼻から吸いこみながら、作業に没頭しようとした。誰より信じきっていた夫に裏切られた怒りと、抵抗もせずに引きずられて快楽を貪《むさぼ》ってしまった自分への嫌悪が入り混じる。

泣きたい気持ちを抑えて畝にしゃがみ込み、よく育ったレタスを根元から刈り取って、外側の葉を取り除き、マルチの上に伏せる。次の玉に手をのばす。根元から刈り取って、外側の葉をむしり、うつぶせに置く。

その切り口から、粘りけのある白濁した液体が滲み出す。みるみる盛りあがったかと思うと、つつ、と横へ流れる。

舞桜子は立ちあがった。

鎌を放りだし、手袋も帽子もむしるように取って地面に叩きつけ、畝の間を歩きだす。

光の輪から逃れたい。唸る音も耐えがたい。

「おい」

後ろで雅文の、あるいは一臣の呼ぶ声がしたようにも思ったが、ふり返らなかった。こんな時にまで足もとのレタスを踏まないようにしている自分を、どうかしていると思いながら畑から道へ上がり、前のめりに母屋へと向かう。

（美菜）

胸の中で呼んだ。あの子に会いたい。いま見たいのはあの子の顔だけだ。他の何も要らない。何もかもが厭《いと》わしい。

前庭に停めたワゴン車の後部ドアから目をそむけるようにして、勝手口のガラス戸をがらりと引き開け、土間に飛びこむ。

「あれ、どうしたの、急に」

台所に立つ澄江が驚いたようにふり返った。家の中はまだ暗く、台所にだけ明かりがついている。鰹《かつお》だしと、甘辛い煮物の匂いがした。

「お義母さん」

舞桜子は掠《かす》れ声を絞りだした。

「なーに怖い顔してぇ。どうした、お腹でも痛くなってまっただかい。いいよ、ごはんができるまであっちで寝といで」

「お義母さん、私……」

だめだ。このひとにだけは言えない。こんなに穏やかで、善人で、夫亡きあとは息子たちへの誇りだけを支えに生きているようなこのひとに、まさか明かせるわけがない。だってあんな……あんなに爛《ただ》れた……。

思い返すと、とうとう涙が溢《あふ》れた。口もとを両手で覆い、嗚咽《おえつ》を押し殺す。

「舞桜ちゃん」

澄江が、濡れた手をふきんで拭いながら「よいしょ」と土間に下りてきた。ひどく心配そうな顔だ。

「どうしたの、いったい」

「すみません」舞桜子は言った。「何でもないんです。ちょっと……気持ちが不安定で……」

澄江は、じっと舞桜子を見つめた。見たこともないほど真剣な目をしていた。

「ねえ、舞桜ちゃん。もしかして、ゆうべ、あの後で何かあっただかい」

「そんな……」ぎょっとしながら言った。「ほんとに何でもないの。ごめんなさい」

声が、ひどくふるえる。澄江はなおも、探るように舞桜子を見た。

「謝るのはこっちだよ。ごめんねえ。あともうちょっとの辛抱だから我慢しておくれね」

舞桜子は首を横に振った。秋口になれば終わる収穫作業のことを言っているのだと思った。思わず泣き笑いを浮かべながら、指先で涙を拭う。

「そんなのじゃないんです。畑は、全然つらくなんか……。あの、ほんとにごめんなさい、もう大丈夫ですから戻……」

「レタスのことなんか言ってねえに」

澄江はやんわりと遮《さえぎ》った。

声が、聞き取れないほど低くなっていた。

「あんたにはさ、申し訳ないと思うよ。だけど、もうちょっとの辛抱だから。これで男の子さえ生まれてきてくれたら、もう大丈夫だから、ね」

え、と顔を上げる。

「雅文はね、仕方がなかったの」

ビー玉の目だ。

「だってね、子種がないのはあの子のせいじゃないもの。どうしようもなかったんだもの。そりゃあ、あんたたちには申し訳ないと思うけど、農家にはどうしても跡取りが必要なの。一臣ときたら結婚しないって言い張るし、だからってこの家をみすみす絶やすわけにはいかないんだから。ね、しょうがないんだよ」

舞桜子の体が勝手にふるえだす。

いったい何を言っているのだろう、このひとは。雅文に、子種がない？　そんなはずはない。美菜が生まれてきたのが何よりの証拠ではないか。

「大丈夫。あんたは全部、あの子たちに任せておけばいいから。そうして今度こそ男の子を産んでくれたら、それでみーんなうまくいくんだから。一臣は来月には東京に帰るし、だから舞桜ちゃん、それまではあんたも、ね。……考えすぎたら辛くなるだろうから、今は何にも考えないの。あの子らに任せてじっとしておけば大丈夫だから。ね、安心しなさい。みんな、全部わかってのことなんだから。大丈夫」

つるりと動かない目をして大丈夫、大丈夫とくり返されても、何がどう大丈夫なのかわからない。

茫然《ぼうぜん》と立ちつくすだけの舞桜子を見て、ようやく落ち着いたと受け取ったらしく、澄江がその肩をぽんぽんと優しく叩いて台所へ戻ってゆく。最後にこちらへ向けてみせたのは、息子の雅文にそっくりの、どこか困ったような笑顔だった。

眩暈をこらえる。

寄りかかりたいのに、手近なところに壁がない。

舞桜子は開け放した土間から外へ出ると、よろよろと庭の端まで行って門柱にすがり、その向こうにひろがる広大なレタス畑を見渡した。

まだ暗い中に、うっすらと朝霧が立ちこめている。雅文が、アルバイトの学生たちに向かって何か指示を飛ばす声が聞こえてくる。いや、あの声は一臣だろうか。

〈みんな、全部わかってのことなんだから〉

下りてくる朝露のせいではなく、舞桜子は身ぶるいした。いったい、誰が、何を、どれだけ「わかってのこと」だというのだろう。

昨夜の一臣を思いだす。あんな彼は初めて見た。こちらを見おろし、目尻に皺を寄せていたあの顔。熱い息とともに吐き出された狂おしい声。

〈舞桜……ああ、舞桜子〉

風が、浅間山のほうから下りてくる。少しだけ明るくなってきたようだ。

美菜を妊娠していることを知ったのは結婚四年目の秋口だった。前の年に家長の繁夫が亡くなった。後を埋めるかのように一臣が手伝いに戻ってくるようになったのは、その夏からだ。

よく似た大小二つの横顔を思った時、後頭部が冷え、じん、と痺れる心地がした。

ああ、それでも――舞桜子は、家の中でまだ眠りの中にいるであろう美菜を思い浮かべた――それでも、あの子を生んだのは自分なのだ。種がどこから飛んできたものであろうが、育んだ大地はこの私だ。問答無用の蛮勇のような気持ちに奮い立ついっぽうで、ますます我が身を呪い散らしたくなる。

母親のくせに。

舞桜子は、ちいさく呻いて目をつぶった。

あられもない狂態がありありと甦る。あのとき何を口走っただろう。夫の見ている前で、自分から腰を振って求めたのは覚えている。おそらく薬を盛られたのだろうけれど、そのせいだけではない。薬は、欲望を解き放つ手伝いをし、恰好の言い訳を与えてくれただけだ。

耳もとを、切れぎれの祭り囃子がかすめる。龍神太鼓の音が響き、閉じたまぶたの裏を松明の炎が焦がす。

軀の奥底で、むずかるように身をくねらせるものがある。吐き出す炎が皮膚の一枚下に燃え移り、ちろちろと這いずるように舐《な》める。

夫・甲賀三郎を地底に落とされ、その兄から激しい求愛を受けた姫は、ほんとうに操を守り抜いたのだろうか。どんなに執拗に迫られても、どれほど愛しげに抱き寄せられても、一度として夫を裏切ることはなかったろうか。

舞桜子は、目を開けた。

夜が明けはじめていた。どうしてこんな時に限って、と泣きたくなるほど美しい夜明けだった。

稜線は緋色と山吹色とに縁取られ、その上に薄紫の空が広がり、さらに高みへゆくほど水気を増して、青く、蒼く溶け広がってゆく。さっきより数段明るくなった山々を背景にして、透明な若緑色に輝くレタスたちが彼方まで整然と並んでいる。

ANNIVERSARY

赤いほおずきは、死者を呼び寄せる灯火《ともしび》だ。

お盆の時に提灯《ちょうちん》を飾ったり迎え火を焚《た》いたりするのと同じように、胡瓜《きゅうり》の馬や茄子《なす》の牛と一緒にほおずきをお供えすれば、精霊がその灯りを頼りに帰ってこられるのだという。

ちりん、きろん、からころ、りりり。

百軒にものぼるという屋台には日よけのよしずが掛けられていて、どの軒先にも竹籠に入った鉢植えのほおずきと、色や絵柄の様々なガラスの風鈴《ふうりん》が揺れている。

べつだん誰かを見送ったわけでも、お盆に呼び戻したいひとがいるわけでもない。それでも私は、ここに来る。蒸し暑くて、相変わらずの人出で、わざわざ来たって楽しいことなんか何もないというのに、毎年七月の十日になると、この浅草寺《せんそうじ》のほおずき市を訪れずにいられない。そうして高いお金を出してひときわ赤くて大きいのを一鉢買い求め、おまけの風鈴を受け取って帰る。

かろん、ちろりろ、きん、つちん。

江戸風鈴の硬く澄んだ音色《ねいろ》が、重なり合って響く。音が届く範囲には、魔が寄ってこないのだそうだ。

――魔、が……。

屋台のおじいさんが、如雨露《じょうろ》でほおずきに水をやっている。道路の窪みにたまる水に、太陽が反射してまばゆく光る。

私はいったい、何かが起こるのを待っているのか、それとも、起こらないのを確認しに来ているのだろうか。わからない。わかっているのはただ、今年もこのまま何も起こらなかったなら、明日にはとうとう三十五歳になってしまうということだけだ。


今日も、いつもどおりの朝だった。

アラームで起き、もうじき五歳になる娘を起こし、卵や海苔やソーセージで彼女の好きなキャラクターを描いたお弁当を作り、夫に朝ごはんを食べさせて送り出す。それから、娘の手を引いてマンションの下に降り、燃えるゴミを出して、幼稚園までお散歩がてら手をつないで送ってゆく。あの日のことを思うと道々かなり緊張したけれど、幸いというべきか、何も変わった様子はなかった。

「きょうはね、みちるちゃんとー、るなちゃんとー、あと、しょうまくんとー、あそぶの。おやくそくなの」

機嫌良くお喋りをする娘を先生に預け、

「いい子でね、今日のお迎えはパパだからね」

ようやく肩より上に上がるようになったほうの手を振って、家に戻る。流しの洗い物をしながら洗濯機を回し、部屋に掃除機をかけ、洗濯ものを干したあとは、少し横になった。それも、最近では毎日の習慣にしている。

退院してからは、あまり無理をしなくなった。過ぎてゆく時間と競い合うように生き急いだところで、いいことはない。ゆっくりやろう。そう思えるようになるまで、いや、そう思うことに罪悪感を覚えずにいられるようになるまで、ずいぶんかかった。以前の私は、休息を取ることとサボることを一緒くたにしていたのだ。

「このへんで一旦休みを入れたって、ばちは当たらないよ」

夫は言った。麻酔の眠りから覚めた私が、自分の身体の一部がほんとうになくなってしまったのを掌でまさぐって確かめ、思わず泣きだしてしまった時だ。覚悟していたつもりなのに、いざとなると気持ちが追いつかなかった。

「僕にとって、サチは何も変わってないけど、サチにとってはきっとそうじゃないんだろうと思う。僕が何を言ったところで、言葉が追いつくような辛さじゃないんだと思う。そのことだけはわかってるつもりだよ。とりあえず、ゆっくり休もう。その間にだんだん慣れていこうよ。この機会に、僕ももうちょっと人生のペースを落とすから」

薄い布団の下でそっと手を握られ、私は「うん、うん」と懸命に頷いた。こんな状態ではあるけれど、自分は幸せだと沁みるように思った。

それと同時に、思い知らされたことがある。

ああ、やっぱり覆《くつがえ》せないんだ。前のとき失ったのは左の乳房だったのが、今度は右。小さなしこりに気づいたのは夫ではなく私自身。違いはその程度で、結果はほぼ同じだった。

今の夫のことは大好きだ。娘を私にくれたひとだということを抜きにしてもなお、「愛している」と胸を張って言える。心根がまっすぐで、あたたかで、穏やかで、賢明で、面白くて、ほんとうの思いやりというものを知っていて……。彼の美質なら、いくらだって数えることができる。

でも、その彼に、私はもうずっと隠し事をしている。黙っているのはもちろん辛いけれど、全部を打ち明ければ彼を傷つけてしまうだろうし、二度と私を愛してくれなくなるかもしれない。それ以前に、私の話なんてまず絶対に信じてもらえないだろう。何より怖いのは、彼の信頼を失うことだ。

エアコンの微風に、レースのカーテンが揺れる。

すっかり目に馴染《なじ》んだ寝室の天井を見上げながら、私は、この二十六年の間にもう何万回もくり返した問いを自分に向ける。

ここは本当に、私の居場所になったんだろうか。

もしかして、また〈次〉があるんじゃないか。

それとも、いつか戻れるという希望を、まだ捨てずにいてもいいんだろうか。

＊

今でもはっきり覚えている。小学二年生の大晦日《おおみそか》だった。

その晩、食事もお風呂も済ませて、紅白を途中まで観た私は、かねてから予定していた秘密の作業に取りかかった。

当時の私は、自分がいっぱしの大人のつもりでいた。親や先生までも含めて周りの全員の言うことがくだらなく思えたし、クラスの友だちなんかは笑ってしまうほど幼く見えてならなかった。

こまっしゃくれていたと言えばそうなのだけれど、家庭環境も大きく作用していたと思う。父親は小さな印刷会社の社長だったが女性にだらしなく、しょっちゅう愛人を作っていて、母親はあてつけみたいにお金を遣いまくり、家の中は荒《すさ》んでいた。住みこみのお手伝いさんが掃除をしてくれるにもかかわらず、目に見えない埃《ほこり》がだんだんと積もっていって息ができなくなる感じだった。

かといって、家出をするだけの勇気はない。子どものくせに変なところで現実的だった私は、具体的な準備だの降りかかる危険だのを前もって考えてしまい、その先へと踏み出すことができなかった。そのかわり、冬休みに入る前に学校で耳にした、とある儀式を試してみることにしたのだ。

両親が来そうもないのを確かめ、自分の部屋にこもると、宿題のノートや何かを脇へ片付けて、机の引き出しから白い画用紙を一枚取り出した。ほかに、定規《じょうぎ》と鉛筆と、ハサミとサインペン。

所詮《しょせん》、子どもだましなのはわかっている。ほんのちょっとした刺激。退屈しのぎだ。

画用紙に、定規を当ててできる限りきっちり線を引き、十センチ角の正方形に切り取る。その真ん中に油性のサインペンで大きく、正三角形を上下に組み合わせた図形を描く。そうして六芒星《ろくぼうせい》と呼ばれるその星の、線が交叉《こうさ》する六角形の内側に、短い言葉をしっかりと書き付けた。

〈あきた〉

それを、枕の下に忍ばせる。いま学校で流行《はや》っている、異世界へ飛ぶための秘密の儀式だった。

——この世界に、飽きた。

そう表明した上で強くつよく念じながら眠れば、はっきりとした夢を見て、どこかここととは違う世界に行けるのだという。本当かどうかは知らないが、少なくともずっと向こう側へ行ったっきりの人から話を聞くわけにはいかないのだから、たぶん、行ってまた戻ってきた人がいるということなんだろう。

ベッドに横たわり、枕に頭を乗せる。行くとしたら、どこへ行きたい？　と自分に問いかける。どこだっていい。ここでさえなければ、どこだって。

気のせいにきまっているのだけれど、頭の後ろが熱を持って感じられた。どうせインチキだと思いながらもどきどきして、いつもは電気を全部消して寝るのに、豆電球だけ灯《とも》して目をつぶった。

いつの間に眠りに落ちたのか覚えていない。目が覚めたら見知らぬ世界にいるかと、少しくらいは本気で期待していたのに、目を開けて最初に視界に入ってきたのは見慣れた天井でしかなかった。ごくふつうに大晦日の夜に寝て、ごくふつうに元日の朝が来ただけだった。

がっかりすると同時に馬鹿ばかしくなり、学校が始まっても絶対に友だちには話すまいと決めた。枕の下に入れておいたはずのあの紙だけはなぜか消えていたけれど、そんなに必死には探さなかった。寝ている間に落っこちて、どこかの物陰に入ってしまったんだろう。

〈二十歳《はたち》過ぎればただの人〉

という言葉がある。

どうやら私は、人よりいささか感受性が強いだけの普通の子どもだったらしい。それから数年のうちには、周りを見下していた自分の幼さにようやく気がつき、恥ずかしくなって、そこからは無理に大人ぶることも少なくなっていった。

美術系の専門学校に進み、卒業後は小さなデザイン会社に就職、やがて仕事を通じて夫と知り合った。彼は事務用品の某メーカーに勤務していて、私はそこに新しいオリジナル文具のデザイン担当として関わったのだ。

初対面から、私たちは当たり前のように恋に落ちた。

この世界に飽きただなんて、もう微塵《みじん》も思わなかった。毎日は全部違っていて、常に更新されてゆく。嬉しさも悲しさも、愉《たの》しみも怒りも、すべてが鮮やかに輝度を増し、飽きるどころか慣れる暇さえないほどだった。

二十八歳で結婚をした。プロポーズは夫からだったけれど、彼だって私が断るとは少しも考えていなかったはずだ。うちの両親が、お式は取引先も招いて盛大に、などと見栄を張りたがるのをどうにか退《しりぞ》け、親族の他には互いがお世話になった方や本当に親しい友人だけを招いて、こぢんまりとした素敵な式を挙げた。

〈ありふれた朝でも　私には記念日〉

大好きなアーティストの歌にあるそんな言葉を、これほど実感をもって味わうのは初めてだった。幸せすぎて怖い、なんて言うとうんざりされてしまいそうだけれど、本当なのだから仕方がない。せいいっぱい愛し、それ以上に愛してもらって、翌年には子どもまで授かった。男の子だった。

息子のおむつを換え、子守歌で寝かしつけた後は、ようやく二人の時間だ。せっかく寝た子を起こさないようにと思うのに、彼に抱かれると蕩《とろ》けてしまい、必死になって声をこらえた。とくに深く感じた時など、どこまでも落ちていって、ここがどこかもわからなくなって、自分さえも消えてしまうようで怖くなった。

愛し合った後は、お互いの背中や腰を揉みながらいろんな話をした。育休を取っていた私にとって、彼の仕事の話を聴くのは日々の楽しみのひとつだったし、彼もまた、私と息子が日中何をしていたか詳しく知るのを喜んだ。

「ああやって、あっという間に大きくなっちゃうんだろうな」

初めて息子が寝返りを打ったと報告した日、夫はしみじみと言った。その現場を自分の目で見られなかったのが本当に残念そうだった。

「そうだね。でも、ちょっと気が早いよ」と私は笑った。「初めてのハイハイとか、初めてのあんよとか、初めてのお喋りとか。これから先もまだまだいろんな記念日がいっぱい増えていくよ」

夫は、私をうつ伏せにして腰を揉んでくれていた。肌に直接触れる大きな掌の温かさが心地よくて、またしたくなってしまうのを我慢する。ああ、でもこれも気持ちいい。ずっと彼とこうしていたい。

ふと思い出して言った。

「そういえば私、昔ね。どこか、ここじゃない世界へ行きたいって本気で思ってた時期があったの」

「いつごろ？」

「小学校の前半くらい」

「へえ。なんで？　ファンタジーものが好きだったとか？」

「ううん。向こう側が愉しみで行きたかったわけじゃなくて、こっち側にいるのがいやだっただけ。ほら、あの親だから」

夫は慎重にして答えなかったけれど、ちゃんと聴いてくれているのはわかった。やがて、言った。

「今は？」

「え？」

「今も、どっか行きたい？」

私は、寝返りを打って仰向けになり、彼を見上げた。視界の隅には小さな息子。並べて敷いた布団の端っこですやすやと眠っている。彼らへの、そして今のこの生活への愛おしさが募りすぎて、心臓に疼痛《とうつう》が走る。

「そんなわけ、ないじゃない」

両手を差し伸べると、夫が覆い被さってきた。

「よかった。俺、サチがいてくれないと困る」

「あなたじゃ、おっぱい出ないから？」

「違うよ」苦笑した彼は、すぐに真顔になって言った。「俺が寂しいの」

三歳になって、息子は幼稚園に通い始めた。最初のうちは離れるのを嫌がって大泣きしたし、迎えに行けばまたしても泣きながら抱きついてきたものだけれど、一週間が過ぎる頃にはあきらめたのか、それともお友達とおもちゃで遊ぶのが楽しくなったのか、もう泣かなくなった。あんまりあっさりと私に手を振ってよこすので、思わず苦笑いしてしまうくらいだった。

私のほうにも寂しさはあったものの、昼間の時間を自由に使えるなんてずいぶんと久しぶりで、近所のスーパーへ買い物に行くだけでも、ものすごい解放感があった。両手が空いているって素晴らしい。常に子どもを気にして背後にまで監視カメラを稼動させなくていいのも、自分の歩幅で歩けるのも、静かな店に遠慮せずに入れるのも、混雑した場所を不安なく歩けるのも素晴らしい。そして何より、空いた時間で、会社からまた少しずつデザインの仕事を回してもらえるようになったのが嬉しかった。子育てとは違う、並べて比べることのできない種類の喜びが、仕事にはあった。

ちょっと、調子に乗っていたかもしれない。好事魔多しとはよく言ったものだ。

私の乳房にある小さなしこりに気づいたのは夫だった。左の乳房の、脇の下に近いほう。ある晩、彼の中指が、その異物に触れた。

せめて部分切除をと望んだのだけれど、この段階ではもう難しかった。セカンド・オピニオンも試したが、同じだった。まだ小さなお子さんのためにも、と言われてしまったら、選べる道は決まっている。

とはいえ、皮肉なことに私の病気は、あの両親を正気に立ち返らせるという偉業を果たした。いい歳をしてまだ女遊びをしていた父は、娘の大病ですっかりその気が失せたらしい。母も同じく、どうでもいい買い物への欲を削《そ》がれたようで、結局、行き場を失った二人のエネルギーは孫を可愛がることに注がれた。

実家や夫の両親に息子を預かってもらえたぶん、私は自分の病気とじっくり向き合うことができた。辛い治療にどうにか耐えられたのは、何としてでも生き抜いて、息子と夫のそばにいなくてはという気持ちが強かったからだと思う。もし私に守りたいものがなかったら、あんなふうには闘えなかったかもしれない。

退院して、リハビリに通って、引き攣《つ》れる痛みをこらえながら少しずつ左腕を持ち上げる努力をして。

夫は私の頼みを聞き入れ、抱き合うときは部屋の灯りを消し、上半身は服を着たままでいることを承知してくれた。

「いつまでだって待つし。待たれるのが重荷なら待たないでおくし。いつかサチがそうしてもいいって思ってくれた時には、俺としては全部まるごと愛したい気持ちはあるけどね。でも、いいんだそんなこと、どっちだって。サチがここに、こうしていてくれるだけでいい」

なくしたくなかった。夫も息子も、それを取り巻く世界も。毎日がかけがえのない瞬間の積み重ねで、それこそ〈私には記念日〉だった。

息子が幼稚園の年中さんに上がった夏のことだ。いよいよ梅雨が明けようかという晴れた日の昼下がり、私は、浅草《あさくさ》に向かった。雷門《かみなりもん》通りから少し南へ入ったところに新しくできるビストロで、メニューなどのデザインの打ち合わせを終え、携帯で時間を見ると午後二時だった。

同時に、ふと気づく。そうか、七月十日か。

すぐに帰るつもりでいたけれど、思い直して道路を渡り、雷門をくぐった。打ち合わせ次第では長引くかも知れず、終わりの時間が見えなかったから、今日は幼稚園に延長の預かり保育をお願いしている。お迎えまでにはまだ充分、時間がある。

東京のお寺の中で最も古い浅草寺には、「四万六千日《しまんろくせんにち》」という観音様の縁日がある。一年に一度の特別な功徳《くどく》日で、昔からこの日にお詣りをすると四万六千日ぶんの御利益《ごりやく》があるといわれている。四万六千というのは、一升のマスにおさまる米粒の数なのだそうだ。一升ぶん、つまり一生ぶんの御利益、ということらしい。混雑するので今では九日と十日の二日間になっているけれど、本来は十日。つまり、今日だ。

何年か前にも一度、夫と二人でお詣りしたことがあるから、一生ぶんの御利益はすでに頂いたはずだけれど、せっかく近くまで来ていながらそのまま帰るなんてもったいない。観音様にきちんと御礼を申し上げるべきだろうし、お札やお守りも改めて頂いたら、ほおずき市で鉢植えと風鈴を買って帰ろう。可愛らしいオレンジ色のほおずきと、ちりんちりんと鳴るガラスの風鈴をぶらさげたまま幼稚園へ迎えに行ったら、息子は大喜びすることだろう。

混雑した仲見世《なかみせ》通りのなるべく隅っこを、胸をかばいながらそろそろと歩いて、どうにかお詣りを済ませる。ほおずきの屋台が建ち並ぶほうへ足を伸ばし、ずらりとぶら下がっている中から、息子の好きそうな真っ赤な風鈴とセットになっているほおずきを一鉢求めた。

「よかったら、風鈴に名前入れますよ。うちのサービスなんです」

ねじり鉢巻きをした売り子のお姉さんにそう言われ、せっかくなので息子の名前を入れてもらう。じつを言うと明日は私の誕生日なのだけれど、自分の名前を、とは思わなかった。軒先に息子の風鈴が揺れているほうが、私にとってもずっと嬉しい。

帰りは、あまり混んでいない別の道を通って大通りへ出る。私たちの住むマンションはここから歩いて二十分ほどだけれど、強い陽射しに炙《あぶ》られたアスファルトからは、呼吸もできないほどの熱が上がってくる。体力の戻りきっていない身には辛い。とりあえず日陰に入ろうと、見慣れない四つ角をふらりと曲がった時だ。

かすかに風が吹き、道の向こうから人力車が近づいてくるのが見えた。いつも雷門のあたりに何台か止まっていて、前を通ると「いかがですか」と誘われる。観光客には人気の乗りものだ。

でも今は、誰も乗せていなかった。編笠を目深にかぶり、腹掛けに股引姿で無人の車を引いた男が、無表情にこちらへ向かってくる。無表情、としか言えない。なぜならその男には、顔の造作というものがいっさい感じられなかったからだ。目鼻のあるべきところに黒い穴が穿《うが》たれている。

穴は見る間に広がってゆく。その奥に蠢《うごめ》く闇が、ゆっくりと回転しているのがわかる。私のほかには人っ子一人いない通りの真ん中を、男と、いや、底なしの穴と人力車はぐんぐん近づいてくる。逃げようと思うのに、足の裏が地面に貼りついたみたいに動けない。

ああ、ぶつかる！ と思わず目をつぶった瞬間、左胸に衝撃を受け、強い痛みとともに宙へと弾き飛ばされた。

私は叫んだ。背中からどこか深い穴へ落ちてゆく感覚に全身がぎゅっと縮こまり、恐怖のあまりもう一度大声で叫んだ、

とたんに、

揺り起こされた。

いや、起こされたと言っていいのかどうか。そもそも眠ってもいないのだ。

荒い息をつきながら見上げると、覗き込んでいるのは母親だった。心配そう、と言うよりはやや困ったような顔で私を見おろしている。えらく若返って見える。

「どうしたのよ、うなされて。びっくりするじゃない」

とっさに辺りを見回し、慌てた。

「ここ、どこ」

自分の声じゃないみたいに甲高い。

「何言ってるの」

と母親が苦笑する。こんな髪型だったろうか。

「もう起きなさい、そろそろ田辺《たなべ》さんのお雑煮ができるわよ。お父さんも今日はいるし、せめてお正月くらい、それらしくしましょ」

……田辺、さん？

誰だそれ、と思ってから、ざあっと全身に鳥肌が立った。子どもの頃、家にいたお手伝いさんの名前だ。

自分の手を、目の前にかざす。あまりのことに声が出なくなった。小さい。どう見ても子どもの手だ。はねるようにベッドに起きあがる。身体にかかっている布団に見覚えがある。どういうことだ、もしかしてここは、まだ夢の中なのか。

思考と感情が、雪解けのどろんこ道のようにぐちゃぐちゃになって、言葉がまるで追いつかない。何かがおかしい、すごく、おかしい、頭が回らなくて、知っているはずのことに全然手が届かなくて、物事が、ちゃんと、考えられない。

苛立《いらだ》ちが限界を超え、突然泣きわめきだした私を、母親はびっくりしてなだめにかかった。

「ちょっと、どうしたのよサッちゃん。何なの、ねえ、怖い夢でも見たの？」

だめだ、自分の脳みその容量がどうしようもなく小さい。制御できずにあふれたものが全部、涙と叫び声になる。

騒ぎを聞きつけた父親も、それこそ田辺さんも、何ごとかと覗きに来たけれど、私は黙ることがどうしてもできず、何度も何度も叫んだ。声が嗄《か》れて出なくなるまで叫び続けた。

＊

ほんの一メガしか入らないところへ無理やり十ギガ詰め込んだようなものだろうか。小学二年生に戻った私の脳はフリーズして、一時期まったく動かなくなった。

こんなこともみんな、後からふり返って初めて言えることだ。当時はほんとうに、身体も心も頭脳も八歳の子どもに戻ってしまっていて、自分の身に何が起こったのかを大人に説明することさえできなかった。ただただ夫と息子への恋しさだけが胸の中で渦巻いて、二人の名前を呼び続けながら帰りたい、帰りたいと泣いた。

冬休みが明けてしばらくの間は、学校を休んだのだったと思う。どのくらいだったか、そのあたりの記憶はものすごく曖昧だが、とにかくかなり長い間であったのは間違いない。

最初は二年生のあのお正月に時間がまき戻っただけかと思っていたけれど、どうやらそうではないようだった。数字が書かれていたはずの場所にアルファベットが書かれていたり、目にする平仮名なども微妙に違っていて、見た目は同じなのに、幾《いく》つかの字の読み方が入れ替わっていたりした。

奇妙で受け容れがたいことは他にも生活のあちこちに散らばっていて、すっかり混乱した私は一時的な失語症と失読症のようになり、親たちに児童向けの精神科へと連れて行かれたりした。そうして、強制的に再起動をかけられた人生の上で、やがて二度目の初潮を迎えた。

いくらか落ち着きを取り戻してから、何が起こったのかを思いだそうと試みたものの、その時点ではやはり難しかった。記憶の途中でファイルが欠損していて、どうしても復元できない。それが徐々に徐々に再びつながり始め、もやもやとした影のようなものにいくらかピントが合うようになり、輪郭がはっきりしてきて色がつき始めるのが、中学一年くらいから後のことになる。

ようやく脳の容量が増え、自分の身に起こったことを順序立てて思い返すことができるようになってきたのは高校に入ってからだ。どうしても思い出せないことも中にはあったけれど、根気よく遡《さかのぼ》っては何度も記憶の水底をさらううち、少しずつ穴ぼこは埋まっていった。

それらのすべてを、私は誰にも話さなかった。人から奇異な目で見られたり、何を言っても信じてもらえなかったり、あげくの果てにお医者へ連れて行かれたりするのは、もう二度とごめんだったからだ。

この、何かが少しずつおかしな世界とどうにか折り合いをつけてゆく一方で、あちらに残してきた夫と息子のことはずっと私の中の別の場所にあった。八歳の脳と身体では、命より大切なものを二つも同時になくした痛みを受け止めることができなかったから、おそらく心が本能的に一旦忘れることで危険を回避したんだろうと思う。痛みが薄れてゆく過程で記憶の細部も少しずつ淡くなって、後でほんとうに思い出すまでの間、〈夫と息子〉の存在は私の中で、まるで精巧なレプリカのような感じで凍結されていた。

それだけに、やがて解凍された時には、恋しさが当時のままに溢《あふ》れだした。

向こうに残してきた彼らは、あれからどうしただろう。私の息子は今も、幼稚園でママを待ち続けているんじゃないのか。そばにいないと寂しいと言ってくれた夫は、消えてしまった妻をどんなに探しただろう。それとも、私がこちらへ飛ばされたのと入れ替わりに、こちらの世界の私が向こうへ飛ばされて、同じように混乱しているんだろうか。その私は、三十四歳だろうか、それとも八歳なのだろうか。そもそもそれは、本当に「私」だと言えるんだろうか。

ネットなどを駆使して、タイムリープや異世界のことはさんざん調べ尽くした。同じような身の上の人がいないか探しもしたけれど、ほとんどは注目されたいだけのいわゆる〈釣り〉だったし、私とまったく同じ体験をした人はいなかった。

夫と息子に会いたい。何とかしてもう一度、この手に抱きしめたい。それには、と私は思った。そのためには、注意深く、前と同じように生きなくちゃいけない。前と同じ道に進み、前と同じ会社に就職して、仕事先であのひとに出会い、恋に落ちる。そうすればきっと、あの子が生まれてくるはずだ。

あながち無謀な考えでもなかった。私の飛ばされたこの世界は前の世界ととてもよく似ていて、たとえば中学の名前は同じだけれど場所が下北沢じゃなくて代々木上原だとか、親友だった貴恵《きえ》ちゃんがこちらでは美恵《みえ》ちゃんだとか、それくらいの違いはあるにせよ、ほぼ誤差の範囲内と言っていい。中には、数学の先生だったはずが英語の先生になっているなんて場合もあったけれど、それでも同じ高校に勤めてはいるわけだから、夫がもしもあの時とは違う仕事をしていても、きっと何とかなる。探せば必ず巡り会える。そう、絶対に。

思ったよりも骨が折れた。たとえ前に通った道であっても、その時つけた足跡を一つも踏みはずすことなく進むなんてことは、なかなかできるものじゃない。あちら側の世界で選んだことと、できるだけ同じ結果に結びつくであろう選択をするのに、おそろしく気を遣った。あまり覚えのない分かれ道が巡ってくるたび、本当にこっちでいいんだろうかと恐怖を覚えた。一つ間違えば、いつのまにか予定と全然違う道を歩いているなんてことにもなりかねない。ほとんど綱渡りも同じだった。しかも、足もとのロープがどんなに細く頼りないものか、私にしか見えていないのだ。

前の世界で起こった事件や自然災害の多くは、こちらでもよく似た形で、でも必ず少し違う形でくり返された。たとえ完全に同じであったとしても、私にそれらのすべてを予言したり未然に防ぐことができたとは思えないけれど、罪悪感と無力感は重くのしかかってきた。何も出来ないなら、何のためにこんなところへ飛ばされてきたのだと思った。

それでも、やがて私は見つけた。

夫が勤めていたのは事務用品メーカーではなく書店で、私はそこのオリジナルグッズをデザインする仕事で彼と出会った。顔も名前も違っていたけれど、ひと目見た瞬間、夫だとわかった。間違えようもなかった。

あまりにもほっとして、いきなりぼろぼろ泣きだしてしまった私を前に、彼はものすごく狼狽《うろた》えた様子だったが、慌てて平謝りした私を許してくれたばかりか、次に会った時の帰りには飲みに誘ってくれた。涙の理由も気になったそうだけれど、平身低頭で謝る私の姿が、

「なんか、良かったんだよね。ひたむきで」

と彼は言った。

どうして泣いてしまったかについてはとうとう本当のことを打ち明けないまま、私は彼と恋に落ち、結婚をした。前と同じ二十八歳。プロポーズはやはり夫からだった。本

当に大事な人たちだけを招いて、こぢんまりとした式を挙げた。ありふれた毎日が、再び、記念日になっていった。

こちらの世界にも大好きなユーミンはちゃんといてくれて、いくつか私の知らない歌もあったけれど、『ANNIVERSARY』はやっぱり『ANNIVERSARY』のままだった。

歌詞は、前よりももっと深く沁みた。「ひとり残されても　あなたを思ってる」と、口ずさむだけでこらえきれずに涙が溢れた。

せいいっぱい愛し、それ以上に愛してもらって、翌年には子どもを授かった。女の子だった。

娘のおむつを換え、子守歌で寝かしつけた後は、ようやく二人の時間になる。せっかく寝た子を起こさないように、優しく抱き合った。

夫のことは、昔も今も、大好きで、大好きで、大好きだ。誰に訊かれても、神さまに訊かれても、堂々とそう答えられる。

でも一つだけ、ほんとうに正直なことを言うなら、セックスに関してだけは、かつての夫とのほうがよかった。同じひとなのに、それは確かなのに、こんなにも違うものかと思った。抱かれれば安心するし、気持ちいいけれど、今は、蕩けてしまうことはない。娘の寝ている横で必死になって声をこらえなくて済むのは、むしろいいことなのかもしれなかった。

愛し合った後はやはり、お互いの背中や腰を揉みながらいろんな話をした。

「ああやって、あっという間に大きくなっちゃうんだろうな」

初めて娘が寝返りを打つのを目にした日、夫はしみじみと言った。

「そうだね。でも、まだまだ先だよ」と私は笑った。「初めてのあんよとか、初めてのお喋りとか、これから先もいろんな記念日がいっぱい増えていくよ」

夫は、私をうつ伏せにして腰を揉んでくれていた。肌に直接触れる大きな掌の温かさが心地よくて、これだけで充分過ぎるほど気持ちいいと思った。たとえいつか二人の間にセックスがなくなったとしても、彼とこうしていられればそれでいい。これ以上を望むなんて、きっと間違ってる。

ふと思い出して言った。

「そういえば私、昔ね。どこか、ここじゃない世界へ行きたいって本気で思ってた時期があったの」

「いつごろ？」

「小学校の前半くらい」

「へえ。なんで？　ファンタジーものが好きだったとか？」

「ううん。ただ……なんだかここが自分の居場所だとは思えなくて」

夫は答えなかったけれど、ちゃんと聴いてくれているのはわかった。やがて、言った。

「今は？」

「え？」

「今も、どっか行きたい？」

寝返りを打って仰向けになり、彼を見上げた。視界の隅には小さな娘。並べて敷いた布団の端っこですやすやと眠っている。彼らへの、そして今のこの生活への愛おしさが募りすぎて、心臓に疼痛が走るほどなのに――私はいったい何てことを考えてしまうんだろう。

「そんなわけ、ないじゃない」

両手を差し伸べると、夫が覆い被さってきた。

「よかった。僕、サチがいてくれないと困る」

「どうして？　寂しいから？」

「それもあるけどさ」苦笑した彼は、すぐに真顔になって言った。「僕があの子におっぱいやるわけにいかないでしょ」

＊

ちりん、きろん、からころ、りりり。

百軒にものぼるという屋台のよしずの陰に、竹籠に入った鉢植えのほおずきがぶら下がる。その並びに、色も絵柄も様々なガラスの風鈴がくくりつけられて揺れている。

浅草寺の本堂から、太鼓の音と御祈禱《ごきとう》の声が聞こえてくる。線香の煙が漂う。浴衣姿の若いカップルが行き交い、飲食の屋台からはソースの匂いが届く。

今年もまた、ここへ来てしまった。蒸し暑くて、相変わらずの人出で、わざわざ来たって楽しいことなんか何もないというのに。

「ほおずき、いかがですかー」

「おねえさん、いいの選んだげるよー」

あの日買い求めたほおずきの鉢と風鈴は、いったいどうなったんだろう。人影も見えない道の真ん中で、人力車を引く顔のない男とぶつかった瞬間、何もかも消えた。私は、何も持たず、自分の身体さえ置いて、魂ひとつでこの世界へ飛ばされてきたのだ。

こちらにいる夫を、娘を、心の底から愛している。彼らは決してにせものでもないし、誰かの代わりでもない。たしかに、私が選んで愛した。

でも――愛すれば愛するだけ、あちら側の夫と息子を裏切っている気がするのだ。それと同じく、あちら側の夫と息子を想えば想うほど、こちら側の彼らに対する疚《やま》しさが募る。どうにもできない。

かろん、ちろりろ、きん、つちん。

江戸風鈴の硬く澄んだ音色が、重なり合って響く。音が届く範囲には、魔が寄ってこないという。

――魔、か……。

もう、何も、起こらない気がする。いくら待っても、今日の帰りにこの町のどの角を曲がっても、あんなことはもう二度と起こるはずはなくて、そうして私は明日、とうとう三十五歳になる。あちらの世界での年を越えてしまうのだ。

屋台のおじいさんが如雨露でほおずきに水をやっている。道路の窪みにたまる水に、太陽が反射してまばゆく光る。

「この大きいのをください」

ようやく肩より高く上がるようになったほうの手で指さすと、鯉口シャツにねじり鉢巻きのおじいさんは地面に如雨露を置き、その鉢を取ってくれた。ちりん、と風鈴が鳴る。

「おねえさん、名前は？」

「え」

「うちのサービスでね。よかったら風鈴に名前入れてやるよ」

そうだった。もしかして、ここはあの店なのかもしれない。

娘の名前を言いかけて、ふと、気が変わった。

いっそのこと、これをいい機会にしよう。向こうの世界にはもう帰れないのなら、この先の自分の誕生日を祝うだけの覚悟を決めなくては。今日を、私だけの記念日にするのだ。

思い切って言った。

「〈サチ〉って、入れて頂けますか」

「どういう字?」

「平仮名です」

おじいさんは一つ頷くと、小さな木の丸椅子をひょいと引き寄せて腰を下ろし、傍らから筆を取って、風鈴の表面に私の名前を書き付けてくれた。

「ほい、すぐ乾くよ」

と手渡される。

「ありがとうございます」

ほおずきの鉢と一緒に受け取り、ぶらさげて歩きだした。やっぱり今年も暑い。息が切れる。照り返しに、くらりと眩暈《めまい》がする。

狭い通路を抜け、わずかな日陰にたどりついてから立ち止まった目の高さに風鈴をかかげてみる。内側から赤く塗られたガラスに打ち上げ花火が描かれ、空いたところに白い字で名前が書き付けられている。

ちさ

書き間違えたのではない。私の存在こそが間違っているのだ。この世界では、こう書いて〈サチ〉と読む。二十六年もたった今は、さすがにもう慣れたものの、それでも、自分の名前を目にするたび、指をさされて「お前はこの世の者ではない」と糾弾されている心地がする。

それとも、私がおかしいんだろうか。私の、頭が。

熱をはらんだ風が吹いてくる。

どこからか、人力車の軋《きし》む音が聞こえた気がした。はっとふり返ると、すぐそこの屋台の軒を軋ませて、ほおずきの鉢が揺れているのだった。

ふっと、怖ろしい考えが脳裏をよぎる。もしかして私は、いくつもの世界を行き来し、そのつど身体のどこかを喪《うしな》いながら、永遠に三十五歳にはなれないのではないか。また小学二年生の元日の朝に戻って、そこから三十四歳までのループを無限にくり返す運命なんじゃないか。あの日、ほんの退屈しのぎに「あきた」なんて書いてしまったせいで……。

風が強まる。ぎぎぃ、と、何かが軋む。

私の赤い風鈴が鳴る。

百を超える屋台のすべての風鈴たちが、いっせいに硬く澄んだ音をたて始める。

柔らかな迷路

柳はまだ充分に青い。川べりからしだれる枝はわずかな風にも揺れ、その影がまた音もなく水面を揺らす。

日が傾くとともに、肌寒くなってきた。晩秋の夕暮れ、堀割にはたくさんの〈どんこ舟〉が整然と並んで浮かび、乗船を待つ客たちが橋の上に群れている。舳先《へさき》も艫《とも》も、どちらもが四角な平底舟が何十艘《そう》と並ぶのを見おろしながら、まひろは、混雑している橋を渡り、先を急いだ。年に一度の〈白秋祭《はくしゅうさい》〉の、それも中日だ。賑わうのは当然だった。

城下町柳川《やながわ》――福岡県南部に位置するこの町の市街地には、その名のとおり、柳に縁取られた水路が細やかに巡らされている。かつては治水と利水のために造られた堀割だが、万一の時には一つきりの水門を閉め、同時に上流の堤防を切り崩すことによって、柳川城一帯だけを残してあたりは水浸しとなるような仕掛けが施されていたという。

〈白秋祭〉は、この町で生まれ育った詩人・北原白秋を偲《しの》んで、命日である十一月二日をはさんだ前後三日間、毎年執り行われている。もう六十年以上にもなるから、まひろの幼い頃の記憶にももちろんくっきりと刻まれている。ほおずき提灯と行灯《あんどん》に飾られたどんこ舟に乗せてもらったことも何度かあったが、多くは岸辺から乗船客に手を振ったり、飴《あめ》やお菓子を投げたり、歓迎の花火をしたりといった天然色の思い出だった。

思えば、高校を卒業して東京の外語大へ進み、この町を離れて暮らすようになってから二十年近くにもなるのだ。今回もずいぶん久しぶりの里帰りだった。仲の良かった同級生の洋子《ようこ》のところに二人目の子どもが生まれたこともあり、誘われたので祭りに合わせて帰郷したのだった。

「まひろってば、今度帰るー今度帰るーっちゅうぼんくらりで、いっちょん帰っちこん。いい加減にしんしゃいよ」

「そうは言うても、しょんなかろーもん」

「連休中はそっちで何ばしよっとね？　とっとと帰ってきんしゃい」

ふだんはすっかり東京の言葉に慣れたのに、たまの電話ですぐさま戻ってしまう。今夜は堀割に面した洋子の家、というか洋子の嫁いだ家の庭で、バーベキューの手伝いをしながら、行き交うどんこ舟を眺める予定だった。

川沿いの遊歩道には高々と提灯が吊されて並び、暮れなずむ空を背景にゆらゆらと揺れている。柳のほかに桜の樹も植わっているが、この季節、さすがにもう葉を落としている。春の風景を思いだし、まひろの口もとは懐かしさにゆるんだ。
水辺や水上には舞台が幾つも設《しつら》えられて、午後六時からのパレードに備えている。船頭が長い棹《さお》ひとつで操るどんこ舟が、客を乗せ、ぶつかりもせずに粛々と滑りゆく先々、さまざまな演《だ》し物が賑やかに出迎えるのだ。合唱やジャズ演奏、琴の合奏や和太鼓。今もどこかから風に乗って、女声の独唱が聞こえてくる。いよいよ迫った本番に備えて最後のリハーサルをしているのだろう。

からたちの花が咲いたよ。
白い白い花が咲いたよ。

まひろの足が止まった。

からたちのとげはいたいよ。
青い青い針のとげだよ。

白秋のやさしい詩が、ゆったりとした旋律にのって水面を渡ってくる。けれど、一緒に押し寄せてきた思い出の奔流《ほんりゅう》はあまりに激しかった。すぐそばの桜の幹にすがるようにして、まひろは浅い息をついた。

〈いいなあ、きみは。僕が誰より敬愛する詩人の故郷で生まれ育ったなんて〉

秋月《あきづき》の言葉が甦る。かつての上司は、少しでも酒が入ると上機嫌になって、必ずその話をした。

掠《かす》れたような低い声や、手の甲の乾いた皮膚の感じ、背は低いのにがっしりと広い肩幅が、本人に伝えたことはないがとても好きだった。男性としてというのではなく、おそらくは、生まれてこのかた会ったこともない〈父〉を感じていたのだろうとまひろは思う。

祐市《ゆういち》と結婚する時も、夫妻が仲人を務めてくれた。二人で頼みに行ったときの満面の笑みを覚えている。

〈おかしな言い方だけど、娘と息子が一緒になってくれるみたいだ。嬉しいよ。ほんとうに嬉しい〉

そして二次会の席では、妻によるピアノ伴奏つきで、自分がいちばん好きだという「からたちの花」を歌ってくれたのだった。

　　からたちのそばで泣いたよ。
　　みんなみんなやさしかったよ。

大きく深呼吸をして、まひろは再び歩きだした。

洋子には、早めに行って外から見える家の窓などの飾りつけも手伝うと言っていたのに、急がないと口先ばかりになってしまう。

風に乗って届けられる歌は、いつのまにか終わっていた。

*

今でこそフリーの身だが、あの頃はテレビ番組の制作会社に勤めていた。業界では大手と呼んでいいのだろう、主にドキュメンタリーを多く手がけ、しばしばその年の作品賞を受賞したりもする実績のある制作会社だった。

まひろの仕事は海外ロケなどの際のコーディネーター兼通訳で、のちに夫となった祐市は契約カメラマン。そして秋月は業界でも名の通ったプロデューサーだった。

業界人にありがちな軽さはなかった。むしろ田舎の役場窓口あたりに似合いそうな風貌と朴訥《ぼくとつ》な口調は、周囲からことごとく慕われ、篤い信頼を得ていた。

見た目に似合わぬ、大胆で豪快な人。

功績は部下に譲り、責任は自分が取る理想の上司。

そんなふうに言われるたび、秋月は、

「勘弁してよー。僕じゃないよ、それ」

本気で嫌そうに顔をしかめて、顔の前で手を振った。

デスクの上に置かれている小さな写真立てを、まひろはいつも、眩しい気持ちで盗み見ていた。美人というのではないが優しそうな奥さんと、高校生の息子と中学生の娘。住宅建設会社のＣＭにでも出てきそうな幸せな家族の写真だ。

そもそも、まひろが祐市に惹《ひ》かれたのも、打ち上げで飲みにいった席で彼が口にしたひと言からだったのだ。

「秋月さんのデスクの上の写真、見たことある？　俺、ああいうのにすごく憧れるんだよ。いいよねえ、ああいう夫婦、ああいう家族。っていうか、その写真を臆面もなく飾っちゃう秋月さんがまたいいよね。そう思わない？」

こんなふうでありたいと願う家族のかたちが同じ、という感覚は、まひろを深いところで安心させ、まだ名前以外ほとんど知らなかった祐市への警戒心を一気にゆるめさせるきっかけとなった。

祐市は、腕のいいカメラマンだった。チームを組んで、日本だけでなく世界中あちこちの取材に行った。

初めて結ばれたのも、ロケ先のカナダでのことだ。天候のせいで後続隊の到着が遅れた夜だった。

冷えきったホテルの部屋には自然の石を組んだ暖炉があり、いや暖炉しかなく、まひろの部屋のそれにも薪をくべてくれた祐市が、うっかり石の角に額をぶつけていささかの血を見ることになった。その傷の手当てをしていたら、何となくそういう流れになだれ込んでしまったのだ。どうやら血の色には、人を原始の営みに引き戻す作用があるらしい。

あの時のことを思いだすと、まひろはいまだに軀《からだ》の奥が熱くなる。性的な欲求はどちらかといえば薄いほうだと思うのだが、あの夜だけは特別だった。

灯りを消した部屋の中、暖炉の炎だけが光源だった。体の片側だけが炙《あぶ》られ、火照っていた。

決して瘦《や》せているとは言いがたい体型をしきりに気にするまひろに、祐市は苦笑しながら言った。

「あのね。俺も含めてたいていの男は、柔らかくてぷにぷにしてるくらいのほうが好きなの。自分の体は固くて愛想ないんだからさ、これで瘦せてたり変に鍛えたりしてる女と抱き合ったら、骨やら筋肉やらがぶつかって痛いだけでしょうが」

慰《なぐさ》めであるにせよ嬉しかった。祐市がまひろの軀じゅうを指や舌で辿りながら、

「たまんないよ。どこもかしこも柔らかくて、まるで迷路みたいだ」

呻《うめ》くように口にした時は恍惚となった。

秋月の仲人で式を挙げたのは、仕事で初めて出会ってからちょうど一年目のことだ。けれど、いざ結婚してみると、まひろは何かにつけて違和感を覚えるようになっていった。

互いに最高のバディだと思っていたのに、いったいどうしてそうなったのか、何がいけなかったのか、今でもよくわからない。もしかすると、仕事での相性があまりに良すぎたせいかもしれない。一緒に番組を作る上では、互いの呼吸を読むべく集中したり、物事をスムーズに運ぶために譲り合ったりするはずのところが、夫婦間では甘えが先に立ってか、自我が前面に出てしまって、なかなかうまく嚙み合わないのだった。

あの頃、その違和感に焦《じ》れていたのはまだ自分の側だけだった、とまひろは思う。それでもなお、祐市のことがほんとうに好きだったから、お互いの間のずれから必死になって目を背《そむ》け続け、しまいには自分で自分に嘘をついていることさえもわからなくなってしまった。

精神的にそうとう不安定だったと思う。ロケ先から戻り、身に馴染んだはずの家で休んでいる時でさえ、ふと目覚めると、どこか旅先の宿のベッドにいるかのような錯覚を起こすことがあった。

たいていそれは奇妙な時間帯だった。深夜と明け方の狭間。二時四十七分とか、四時十三分とか、そのあたりだ。時計を見るために枕元の明かりをつけ、また消し、腰のあたりでしわくちゃになっている夏掛けや毛布をかぶり直しながら、まひろはいつも不思議に思った。どうして目が覚めるたび、時間を確かめずにいられないのだろう。翌朝に予定が入っているわけでもないのに、反射的に時計に目がいく。そうして何となく安心するのだ。今が何時何分かを知ったという、ただそれだけのことで。

結局のところ、「錯覚」ではないのかもしれない。ある意味において、人は常に旅先の宿にいる。そこが自分の家であり、自分のベッドであっても、旅の途中であることに変わりはない。目覚めて時計を覗きこむ時に確かめているのは、じつは時間ではなく、自分の居場所なのだ。

外国であれ、日本国内であれ、一日の取材と撮影を終えて宿に戻ると、チーム全員が頭を寄せ合ってモニターを覗きこみ、その日収穫した映像のチェックをするのが日課で、そうして翌日の段取りなどの相談が済み、各自が部屋に散っていくと、まひろは秋月宛てに報告のメールを書き送った。それぞれの国のネット事情や泊まっているホテルの設備によっては、添付ファイルなしのメールでさえなかなか送れなくてやきもきすることもあったし、それどころかホテルと呼べるような宿に泊まれないこともしばしばだったが、いずれにしても、日本側が夜中であれ、明け方であれ、メールを送ることが可能である限り、秋月からは即座に返信があった。

まひろと祐市はしばしば一緒に画面を覗き、上司はいったいいつ寝ているのだろうと首をひねりながら、その返信の文面にほっと安堵《あんど》の息をついたり、頭を抱えたりした。

——懐かしい。まるで昨日のことのようだ。

独りに戻り、フリーになった今でも、仕事の内容そのものは当時とあまり変わっていない。けれど、会社を離れたからという理由とは別に、今ではどれほど相談したいことがあろうと、まひろが秋月に助けを求めることはない。どんな局面でも、自分の頭で懸命に考えて、あの人だったらなんと言うだろうと想像してみるのがせいぜいだ。

秋月のアドレスにメールを送っても、もう、どこにも届かない。


三年前だった。まひろたちが、かのオリエント急行の取材ロケに出かけている最中のことだ。

会社の同僚から届いたメールが、前置きもなしにいきなりこう始まっていた。


ここ数日休んでいた秋月さんが今日、会社に来て、昨日まで検査入院していたこと、それも癌らしいことを明るく打ち明けられたので驚愕《きょうがく》しました。なんでも、ウルトラ級の技を駆使して、郷里である大阪市内の癌センターに入院できることになったそうです。向こうのほうが、息子さんや娘さんたちもいて何かと安心だからという話でした。

「結果を知るまではすごく怖かったけど、もう怖くないよ。担当医は信頼できそうだし、信頼した以上は委《ゆだ》ねちゃえばいいんだから」

そう話していました。深刻な話をしているのに、けっこうハイテンションで……。

反動が来ないといいんですが。

ザルツブルクの小さなホテルでそれを読んだまひろは、無言で祐市にメールを見せた。

二人とも、しばらく茫然としていた。

どうにか気を取り直し、おそるおそる秋月宛てに「具合はいかがですか」とメールを送ると、例によってすぐさま返事が来た。

　具合は、けっこう大変かな。

　しかしまあ、じたばたしても仕方がない。人事は医者に尽くしてもらって、僕はとりあえずのんびりと天命を待つとするよ。

　どうぞご心配なく、と言っても無理か。

　　また連絡します。

——また連絡します。

しかし、秋月からもらったメールは、結局それが最後になってしまった。スキルス性の胃癌は進行が速い。父とも慕った上司は、その夏を越しただけで、秋にはもう逝《い》ってしまった。

入院していた間に、祐市は一度、大阪まで見舞いに行った。まひろも一緒に行くはずだったのが、やれ台湾だ、フランスだ、と立て続けにロケハンや撮影が入ってしまい、とにかくまずは祐市だけが行って顔を見てくることになったのだ。気は焦ったものの、仕方なく、黄色にブルーと白を少しずつ混ぜた花束を持っていってくれるように頼んだ。

パリの小さな宿から電話をしたまひろに、祐市は浮かない声で話した。

見舞いに行った日、秋月は、病室ではなく屋上のベンチに座ってフェンス越しに外を見ていた。横顔のあまりの険しさに声をかけていいものかどうか迷っていると、秋月のほうから気づいて、すぐにいつもの笑顔に戻った。

その指に煙草がはさまっているのを見てびっくりした祐市が、

〈いいんですか、そんなの吸って〉

そう訊くと、

〈いいんだよ〉

苦笑いしたという。

秋月が亡くなったことを知らされたのは、それからほんの二週間後のことだ。あまりにも急で、言葉が出なかった。

そうしてその夜、まひろは祐市と、一方的な大げんかをした。祐市が少しばかり不用意に漏らしたひと言が、どうしても、どうしても許せなかったのだ。

まさかこんなにも早く秋月との別れが来るとは予想だにしていなかったまひろは――いま思い返しても身が竦《すく》むけれど――忙しさに追い立てられるまま、あの後もとうとう一度も見舞いへは行けずじまいだった。このロケの準備さえ終わればと思っていると、また次の仕事が舞い込む。そんな日々の中、大阪までの片道三時間もの道のりはあまりにも遠く思えた。

それだけに、その晩、祐市が、

「俺、あの時会いに行っておいてよかった」

そう呟いたときは、胃が捻《ねじ》れるような痛みを覚えた。そしてつい、今さら口にしたところでどうにもならない後悔を言葉にしてしまった。

「ほんとにね。こんなことになるとわかっていたら、私も何とかして会いに行っておくんだった。もう、遅いけど」

と、そのとたん、祐市がぼそりと言ったのだ。

「行こうと思えば行けたじゃん」

「……え？」

「だってさ。ただの半日も予定が空かなかったってわけじゃないんだし。本気で行く気になれば、行くことだって出来たんじゃないの？」

まひろの中で何かがちぎれてしまったのはその時だった。

「どうしてそんなこと、わざわざ言うわけ？」

妻の声と口調が一変したのに気づいて、祐市は驚いた顔をしたけれど、まひろにはもう、突き上げてくる激情を抑えることが出来なかった。そうして夫を、責めるだけ責めた。

「どうしてあなたって人は、平気でそういうことが言えるの？　行こうと思えば行けたことなんて、私自身がいちばんよくわかってる。それを今どれほど後悔しているか、これだけそばにいてわからないはずはないでしょ？　なのに、どうしてそうやってわざわざ傷口に手をつっこんで抉《えぐ》るようなことを口にできるのか、その神経が信じられない。あなたはいつだって正しいよ。正しいけど、無神経だよ。ほんとうに、救いようもなく無神経だよ」

ごうごうと泣きながら彼を責め続け、まひろの声はあっという間に嗄《か》れてしまった。

祐市は、めずらしくほとんど反論しなかった。ふだんであれば、まひろ程度の相手などさっさとやりこめてしまう彼が、この時だけはほとんど何も言わずに黙って責められていた。秋月の死が重すぎて言い合いなどする気になれなかったというのもあるだろうが、おそらくは、まひろのそれが必死の八つ当たりであり、彼への屈折したＳＯＳであることを察していたからなのだろう。

そう――まひろが責めたいのは彼ではなく、ほんとうは自分だった。自分自身を責める気持ちの強さを、彼を責める言葉の強さにすり替えていただけの話だ。

人が亡くなると、どうして雨ばかり降るのだろう。まひろの記憶の中にある通夜や葬式の情景は、どれも不思議なほど雨に煙っている。

秋月の通夜の晩もやはり雨が降っていて、大阪市郊外の斎場入口には風が吹き込み、遠くから集まった参列者はひさしの下で肌寒さに背中を丸めていた。年配の人の喪服からは、身動きするたびに樟脳《しょうのう》の匂いがした。

柩《ひつぎ》の置かれた祭壇の後ろには、秋月の仕事柄か人柄か、たくさんの芸能人や業界関係者の名前で大きな花環が飾られていた。焼香をする人の数だけでなく、東京から手伝いに来ている仲間たちの顔がどれも悲痛に歪《ゆが》んでいるのを見て、あらためて、故人がどれだけ信望の厚い人だったかを知った。

よりによってこれが秋月の通夜だなどとはどうしても信じられないまま、泣くことも出来ずにいたまひろは、旧知のディレクターと視線が合い、彼が目を潤ませているのを見たとき突然、つられたように涙がどっとあふれた。

ほんとうに、秋月はいなくなってしまったのだ。ほんとうに。

遺影の中の恩師は、ふだんにもよく着ていたダンガリーシャツ姿で、豪快すぎる笑顔をこちらに向けていた。あまりにらしくて、見たとたん思わず頰がゆるみ、それから反動のようにもっと泣けてきた。

かつて秋月の歌にピアノの伴奏をつけてくれた奥方は、焼香を終えた参列者にそのつど頭を下げていたが、その目は何も見ていなかった。あえて言うなら、まっすぐ二、三メートル先の空気を見ていた。

あの歳で二人から一人になる——もし自分だったならどうするだろうと思ってはみたものの、とうてい想像しきれるものではなかった。あるいはあのひと自身も想像できなくて途方に暮れているのかもしれない。ぼんやりと、まひろは思った。

身の裡《うち》にふと、黒いあぶくのように湧きあがってきたものがあった。

ずっと、写真の中の秋月夫妻に憧れていた。夫婦仲良く暮らしていけば、いつかはああなれると思っていた。

けれど、そういうものなのだろうか？　今のまま祐市と、それなりに仲良しな夫婦をこの先何年も続けていったとして、自分たちの間にもいつかあんなふうな、深くて濃い何かが生まれるのだろうか……ほんとうに？

勧められた料理に儀礼的に箸《はし》だけつけ、失礼を承知で早々に辞してきた。

賑やかな通りに出て、来る道で買ったビニール傘をさして信号待ちをしている時、祐市がつぶやいた。

「この……雨っていうのはやめてほしいよな。雨っていうのはさ」

まひろは黙っていた。同じことを考えていたのかと思った。その何年か前、祐市の父親が亡くなった夜も、やはりこんなふうな激しい降りだったのだ。

透明な傘の表面を雨が流れ落ち、まるで川の底に閉じ込められたかのようだった。

信号が変わり、祐市は歩きだしながら言い捨てた。

「ったく……反則だよ、こんなの」

切符を買い、在来線に乗って新大阪駅へ向かう。その間じゅう二人ともひたすら黙りこくったままだった。帰路の新幹線の暗い窓を、雨粒はひっきりなしに斜めに流れていた。

それでも、東京駅に降りたつと、どちらから言いだすともなく構内のレストランに寄って遅い夕食をとったのだった。

どんなに悲しいことがあろうと、生きている限り、おなかはすく。そう――生きている限りは。

＊

バーベキュー用の肉や野菜の皿を運んでいるうちにも、あたりはどんどん暮れていった。

炭火をおこし、肉汁とタレの香りが漂い始めると、洋子の家の庭に集まった客の、まずは子どもたちがぞろぞろと寄ってきて、まひろが肉を焼く手もとを見つめた。

「まだ？」

「待っとってね。いま焼いとうから」

低い塀で遮《さえぎ》られてはいるが、それ自体が目線よりも下なので川面が近い。ほんのすぐそこを滑ってゆく舟には、それぞれ十人ほどの客が乗り合わせ、岸辺のかがり火の灯りを頼りに弁当や鍋をつつき、酒を酌《く》み交わしている。

ちょうど満月だった。川面には赤いほおずき提灯と、蒼い月とが一緒に映って揺れている。

どの舟もみな、これからいくつもの橋の下をくぐり、煉瓦《れんが》倉庫の脇を通り、白秋の歌碑を横目に見ながら堀割を旅してゆくのだ。途中には、かがまなければ頭をぶつけそうになるほど低い橋もある。この世のものとは思えないほど美しい、赤い提灯をびっしりと連ねたトンネルもある。

風の向きによって、遠くからジャズが聞こえたり、和太鼓が響いてきたりする。大勢の人々が笑いさざめく声も聞こえる。

水路を巡る舟からはその時々にいちばん近い演し物が楽しめるはずだが、陸にいると、それらはすべてが壮大な不協和音として耳に届いた。不協和音でありながら、少しも不快ではないのが不思議だった。

町でいちばん古い老舗《しにせ》旅館の方角から、笛と太鼓が聞こえてくる。おそらく、〈どろつくどん〉だろう。本来は十月の祭りだが、白秋祭では必ず披露される。

京都は祇園《ぎおん》の山鉾《やまほこ》から発想を得た山車《だし》の上で、派手やかな装束を身につけた踊り手が、十数個もの能面を一瞬で付け替えながら奇怪な舞いを舞う。人の心の善悪、その裏に隠された喜怒哀楽を表現しているとも言われるその舞いが、まひろは子どもの頃から怖くてならなかった。屈強な男たちに引かれて〈どろつくどん〉の山車が近づいてくると、泣きながら逃げ惑って大人たちに笑われたほどだ。

今でも少し、怖い。いや、今のほうがもっと怖ろしい。表情の変わらぬ能面の奥底に、どれだけの愛憎が押しひそめられているものか、いいかげんわかる歳になったせいかもしれない。見るたび怖ろしく、そして哀しくなる。

と、誰かに呼ばれた気がして目をあげた。

「まひろー！　ねえ、まひろやろ？　ちごうとる？」

きょろきょろしていると、こっちこっち、とさらに呼ばれる。ようやく気づいた。声は、浮かんだ舟のうちの一つから聞こえてくるのだった。

ほとんど立ちあがらんばかりにして手を振っている女性に目を凝らす。

「うっそ、華恵《はなえ》ちゃん？」

それもまた、かつての同級生だった。

「おー。まひろ、元気やったと？」

「もちろん！　そっちは？」

「もちろーん！」

先を行く舟のほうからも誰かの声が聞こえた気がしたが、すでに暗がりに吸いこまれて見えなかった。華恵に目を戻す。

「まひろが帰ってるって知らんかったー！　いつ来よるん。てか、いつ帰るん」

「昨日。で、明日」

「え、明日もう？　早っ」

ゆっくりと進んでいく舟の上で、華恵は隣を指差し、これ、うちのお母さん、と言った。

　互いに笑いながら挨拶を交わす。あたりに浮かぶ他の舟の乗客にまで、何やら面白がって笑われているのが恥ずかしい。

　まひろはそれでも声を張って言った。

「ここな、洋子ん家《ち》。ちゅうか、洋子の旦那さん家」

「うっそーん、それも知らんかった」

　すると、洋子本人が赤ん坊を抱いてやってきた。

「久しぶりー。華恵も、よかったら花火のあとできんしゃい。美味しいお酒のあるとよ！」

「来る来る、うちのぶん、取っちおいてね！　まひろもまだしばらくそこにいる？」

「いるいる、いるよー」

　遠ざかっていく華恵の舟の後ろから、塀越しに手をふる。

　久しぶりに思いきり大声を出したせいか、なんだか高校時代に戻ったようで急に面映《おもは》ゆくなり、まひろは洋子と笑い合った。

　ほとんどの舟が通り過ぎてしまう頃になると、バーベキューの炭もほぼ燃え尽きた。掘割をめぐる二時間ほどの旅を終えた百艘近くのどんこ舟は、今ごろ一艘、また一艘とひとつところに集まり始めているはずだ。白秋の詩の朗読や童謡の合唱でもてなされた後、盛大な打ち上げ花火とともに、今夜の祭りはひとまずお開きになる。

「うちらも見に行こうか、花火」

洋子に促され、首から掛けていたエプロンをはずすと、自分の髪から炭火と肉汁の匂いがした。

目指す方角からは、童謡「待ちぼうけ」が聞こえてくる。すぐ前を、赤ん坊を抱いた洋子と子どもの手を引く夫が肩を寄せ合うようにして歩いていく。

後ろ姿を見つめながら、まひろはひとり、寂しい笑みをもらした。

この町には、生まれ育った実家がある。母や弟も暮らしている。こうして帰ってくればもちろん誰彼に歓迎だってしてもらえる。それなのに、自分にはもう、誰もいない気がした。

祐市と別れたのは二年前。秋月が亡くなった翌年のことだ。幾度かの行き違いと諍《いさか》いがたまたま続いて、どちらもが疲れ、言葉少なになっていった末の別れだった。止めてくれるはずの人はもう、この世にいなかった。

正直、今でもたまらなく恋しくなることがある。

あんなに性急に答えを出そうとするのではなかった。もう少しくらい頑張ってみればよかった。祐市の口から出る言葉は、たしかに時々どうしようもなく無神経ではあったけれど、決してこちらを傷つけようという悪意のもとに発せられるわけでないことはわかっていたはずだ。それなのに、どうして離れようだなんて思ってしまったのだろう。

あんなに――あんなに大切だったのに。

幾度も思いだすのは、やはり、暖炉の前で愛し合った夜のことだ。宝物のようにこの躯に触れてくれた指。耳もとでささやかれる、特別な言葉。

思いだせば思いだすほど、自分が情けなく、もどかしかった。過ぎたことをいつまでもうじうじと思い悩むような性分ではないはずなのに、こんなふうな祭りの夜はよけいに、祐市の声や背中が懐かしくてたまらなくなる。

どおん、という音にはっとなって目を上げた時にはすでに、夜空いっぱいに花火が広がっていた。並んだ舟の上からも岸辺に集まった人々の間からも、どよめきと歓声が湧く。

腹の底に響く音とともに細く尾を引いて駈けあがってゆく炎が、天のいちばん高いところで弾けて大きく咲き誇る。次々に、続けざまに、惜しげもなく打ち上げられてゆく花火、花火、花火、そして花火花火花火花火花火。

いつしか周りの人々も、何も言わずにただ天を見上げるだけになった。晩秋の澄んだ夜空に、色とりどりの花火と蒼い満月とが並んで輝いていた。

＊

華恵も合流しての酒盛りの後、一人、川沿いの暗い遊歩道を家に向かった。

規則正しく並んだ街灯が、水面に映っている。どこかを、まだ〈どろつくどん〉の山車が移動しているのだろう、太鼓や笛の音が聞こえる。風向きによっては、近くの広場で催されている声楽コンサートも漏れ聞こえてくる。

やわやわとした水の道を見おろしながら、まひろは歩いた。

〈どこもかしこも柔らかくて、まるで迷路みたいだ〉

酔いのまわった目には、川面の揺らぎがまるで手招きのように感じられ、念のために岸から少し離れようとした、その時だ。

目の前に黒い影が立ちふさがり、腕をつかまれて悲鳴をあげた。思わず突き飛ばして逃げようとしたとたん、

「まひろ！」

耳を殴られたような衝撃に、目をあげる。

「……え？」

目の前で、肩で息をしているのは、彼だった。

たしかに、ほんものの、祐市だった。

黒っぽいジャケットを片手につかんだその顔は、夜目にも汗だくだ。

「み……つ、けた」

声にならずに激しく咳《せ》き込む。

うそでしょう、と、今ごろ口からこぼれる。

「何が嘘だよ」

と彼が言う。

「やっと、見つけた。駄目かと思った」

前屈みになり、両膝に手をついて息を整えている。

「ど……どういうこと？　なんでこんなところに」

「祭りの、取材」

なおも咳き込みながら、祐市が唸る。

「撮ってたんだ……舟の、上で。なのに、きみを見つけて……思わず名前呼んで、ディレクターに、アホかお前、何年やってんだ、ってさんざん怒鳴られた」

「それ、いつ」

「さっき。まひろ、でかい声で友だちと……まひろなんて名前、この町に二人もいると思えないから、焦った。ほんとに」

げっほげっほと咳をする。よほど走り回ったのだと知って、まひろは何も言えなくなった。

「どうしても、今夜見つけなくちゃと思って」

うつむいたまま続ける。

「東京でだって、これまでだって、連絡取ろうと思えば方法はあったよ。けど、そうじゃなくて……そういうのじゃなくて、ここで出会えたのがそれこそ運命ってやつなんだと思って。まひろの実家にはもう寄れっこないけど、まさかこの時期に本人が帰って来てるわけないよなと思ってたら……ほんとに、いたから。今夜探して、必死に探して、それでもどうしても会えなかったら、今度こそあきらめようって」

「……何を？」

なおもしばらく呼吸を整えた上で、祐市は膝から手を放し、体を起こした。間近に見おろしてくる目が、川面の光を受けて黒々と光る。

「ずっと、後悔してた」

低い声で言った。

「まひろは、そんなことないかもしれないけど、俺は、後悔してた。けど、こっちからはなかなか言い出せなくて」

「……どうして」

「きみに二度拒まれるのはきつい」

ようやくほんとうに呼吸が落ち着いてきたようだ。

二年前よりも、少し痩せただろうか。そのぶん、精悍《せいかん》になった気がする。

風が吹いてくる。近くの広場から、あの童謡が切れぎれに聞こえてくる。

〈からたちのそばで泣いたよ　みんなみんなやさしかったよ〉

秋月の笑みを思い浮かべる。泣きたいのは私だ、と思った。

「まひろは？　少しは、俺のこと考えた？」

心臓を絞られるような心地がした。迷った末に、頷《うなず》く。

「よかった。今は、とりあえずそれだけでいいや」

祐市の安堵が、まるで自分のものであるかのように伝わってくる。

「はは、やばい。あっちこっち走り回りすぎて、膝が笑ってる。歳は取りたくないな」

何かを伝えなくてはと思うのに、言葉が、何も、出てこない。

あまりにも懐かしい線を描く肩越しに、まひろは、柔らかに揺らめく水路を眺めやった。この水の道は、どこへ続いてゆくのだったか。花火は終わり、かがり火はとうに消え、今は月だけが映っている。

黙ったままの元妻を見て不安になったのだろうか。祐市が言った。

「ええと……どこか、一杯やれるような店、知ってる？」

まひろは口を開きかけ、つぐんだ。

堀割をめぐる舟には、春夏秋冬いつでも乗れる。けれど、祭りのために出る舟には、今夜この時を逃せば二度と乗れない。

深く息を吸いこんで、やっと言った。

「うちに来ればいいと思う」

祐市が、笑った。

水底の華

大きなポリバケツを椅子の上に置き、小夜子《さよこ》はかがんで水槽を覗きこんだ。

二つ並んだ水槽に、ずんぐりした金魚が二匹ずつ泳いでいる。片方には赤と白の琉金《りゅうきん》。もう片方には赤と黒のランチュウ。とりあえず、異状はなさそうだ。

改良に改良を重ねて今の姿になった魚たちは、まっすぐに泳ぐという、魚として当たり前の本能まで忘れてしまったかに見える。上部からのライトに鱗《うろこ》をきらめかせ、濾過《ろか》器やエアレーション器具の作りだす水の流れに尾びれをなびかせて、一日じゅうゆらゆらと漂っている。

分厚いガラスの水槽には、それぞれ約百リットルの水が入る。本体そのものの重さ、底に敷き詰めた砂利、それに飼育用の器具も加えれば総重量は三百キロを超えるだろう。家族で営む土産物屋の店内、古い家屋の薄暗さを少しでも緩和しようと考えてのことか、水槽は店のいちばん奥の壁際に寄せて据《す》えられており、そのために明るく照らされた水草や金魚たちはまるで生きて動く絵画のように見えた。

ガラス蓋《ぶた》を少しずらし、隙間から電動灯油ポンプの管を挿し入れる。スイッチを入れれば、外側に垂れた蛇腹《じゃばら》のホースからバケツへと水が排出される仕組みだ。濾過装置をつけてあっても、それだけでは足りない。金魚が食べ残した餌や排泄物などで水質が悪化しないように、夏場は一週間に一度、冬でも半月からひと月に一度は水槽の三分の一ほどの水を換えてやらなくてはならない。

金魚の飼育は、もともとは島田《しまだ》家の家長である政男《まさお》の趣味だった。三年前、長男の嫁として小夜子が嫁いできた頃は、離れの土間で繁殖にも精力的に取り組んでいたほどだ。それが、いつしか世話全般を小夜子が任されるようになり、金魚そのものもついにはこの四匹だけになった。

あの時、どうせなら一匹残らず手放してくれればよかったのに、と小夜子は思う。暑いさなかのこの季節はまだしも、底冷えのする秋や、雪に閉ざされた冬の水替えは苦行と言っていい。店を訪れる客の目があるぶん、おろそかに出来ないのがまた悩ましいところだ。

バケツの八分目まで水が溜まると、ポンプのスイッチを切り、いったん店の外へ運んで溝に捨てる。とって返し、何度か同じ作業をくり返す。

魚たちを驚かさないように気をつけながら砂利の上に溜まっている細長い排泄物を吸い取ってゆくと、バケツの水は濁り、臭《にお》いがいっそう鼻をつく。この臭いが小夜子は苦手だった。特有の生臭さと、酸っぱいような鉄錆《てつさび》の刺激が入り混じった臭い。どこかでよく嗅いでいるような気がするのだが、はっきりとは思いだせずにいる。

口で浅く呼吸しながら、二つの水槽の水を三分の一ずつ捨て、かわりに準備しておいた水を足してやる。昨日のうちから水温を合わせてカルキを抜き、pHまできちんと測った水だ。たかが金魚だが、こうして二十センチ以上にまで育つと存在感が半端ではない。積極的な愛情は抱けずとも、自分の不注意で死なせたくはなかった。

砂利に植え込んだ何種類かの水草が揺れ、黒っぽいランチュウがぴくりと尾びれをふりたてる。赤いほうが牝《めす》、黒いほうが牡《おす》だ。

隣の水槽に泳ぐ琉金の尾びれはドレスのように広がって美しいが、ランチュウのぽってりと太った寸詰まりの体型が、小夜子はどうしても好きになれなかった。

できもののようにぼこぼことした頭。背中から尾にかけての曲線はエビのようで、おまけに背びれというものがない。品評会で賞を取った個体など、場合によっては数百万の値がつくこともあるというが、お世辞にも美しいとは言えない姿のくせに、こうまで珍重されるのが解《げ》せなかった。元来、たらいや睡蓮《すいれん》鉢に飼って上から観賞する目的で改良されたものだけに、水槽のガラス越しに横から眺めるほうが邪道なのかもしれないが、それにしても醜いと思う。好きになれないのはランチュウそのものではなく、異形の姿をわざわざ愛《め》でようという感覚のほうなのかもしれない。

と、黒いランチュウがもう一方を追いかける仕草を見せた。赤いほうがぶかっこうに尾をふりたてて逃げる。水草の陰に隠れたところを、黒がさらに追いかけまわす。

小夜子は作業の手を止め、目を凝らした。

牡の黒い胸びれの端に、小さな粒状の白点が一列に並んでいる。

〈追い星〉と呼ばれるしるし。発情のサインだった。

＊

まさか望まれて嫁に行けるとは思っていなかった。しかも、見合いではなく恋愛結婚をしようとは。

小夜子本人ばかりではない。式の日取りがきまった夜、母親がつい口からこぼれ出てしまったというふうにそう呟《つぶや》くのを聞いて、傷つくより、苦笑しながらも深く納得したのを覚えている。

出会いは、四年前の夏だった。

長野駅前のビルにオフィスを構える小さなツアー会社に勤務していた小夜子は、社のオリジナル企画である野沢《のざわ》温泉での合コン兼お見合いイベントを担当することになった。どうせ人なんか集まるわけがないと、まるで気乗りしないまま野沢へ出かけていき、役場の観光課にとりあえず事情を話して協力を申し入れた。そのときの担当が島田孝介《こうすけ》だった。

初対面の印象は決していいものではなかった。いかにも遊んでいそうだと思った。正直なところ、彼は小夜子がそれまでに出会った男たちの中でも群を抜いて姿がよかった。日に灼《や》けた精悍《せいかん》な顔だち、人懐っこい話し方、笑うと目尻に寄る皺《しわ》やきれいな歯並び、そういった一つひとつの要素がみな、不器量で地味で垢《あか》抜けない自分のことを、否定し、小馬鹿にするもののように感じられた。過剰な自意識の裏返しだと自覚すればするほど、胃の底に砂が溜まるような苛立《いらだ》ちがあった。

けれど孝介は親切だった。頭が切れ、ものごとの優先順位をよくわかっていて、こちらが求めることをいち早く察し、そのために何が必要かを先回りして考えてくれた。こういうイベントは野沢温泉の宣伝にもなるばかりか、地元の若い者にとっても刺激になるからありがたい。そう言って、時には役場の業務の範囲を超えて協力しようとしてくれた。

何度か通ううちに、小夜子の心もほぐれていった。ふとした拍子に自分が笑うと、孝介の笑みがさらに大きくなり、目尻の皺が深くなるのを嬉しいと思うようになった。

これほどの男前に親しく口をきいてもらえる機会など、人生でもう二度とないかもしれない。自分ごときが、彼に対して異性を意識するなんてちゃんちゃらおかしい。変に身構えるより、どうせなら今だけでもこの時間を楽しまなければ損ではないか。

そう思い定めるといっぺんに楽な気持ちになり、小夜子はようやく自分からもさまざまなことを話せるようになった。いちいちよけいな説明を加えなくても阿吽《あうん》の呼吸で話が通じるのが不思議でならず、孝介のほうも同じ心地よさを感じているのが伝わってくると、なおさら言葉は滑らかになった。いつのまにかイベントの実現についての相談よりも、それぞれのプライベートに関する話題のほうが多くなっていき、驚いたことにそのやり取りはお見合いイベントが好評のうちに終了した後も続いた。孝介からは休日ばかりか週半ばにも他愛のない電話がかかってくるほどだった。

小夜子は、それを恋愛だなどとは思いもしなかった。うぬぼれというものがどういうものかさえ知ることなく育ってきたのだ。

だから、一年経った頃、

〈俺の嫁さんになってくれないかな〉

孝介の口からその言葉が飛びだしたときも、まったくぴんとこなかった。

〈え、なに？〉

訊き返しながら、ヨメサンって何だっけ、と思った。孝介の側はおそらく、もっと感動的な反応を期待していたはずだ。今さらながら申し訳ないことだった。

結婚式の日取りを会社に報告した日の昼休み、同僚たちは待ってましたとばかりに小夜子を取り囲み、相手の写真を見たいと言いだした。

目立たず人当たりよく、を心がけてきた自分が周りから嫌われていないことはわかっていたが、小夜子は躊躇《ためら》った。おそらく彼女たちは、見たいと言いながら何の期待も――いやむしろ、相手はいったいどんな物好きか見てやろうという期待しかしていないはずだ。孝介の写真を見せたらいったい何を言われるだろう。

〈いいから、照れてないで見せなさいって。撮ってないとは言わせないよ〉

余裕の笑みを浮かべて言ったのは、会社でもいちばん美人の先輩だった。それで、披露する気になった。

携帯に保存してある中から、スキーウェア姿の孝介が一人で写っている写真を選び出した。どれ、と受け取ってそれを目にしたとたん、先輩の顔色が変わった。次々に同僚たちが覗きこみ、うそ、などと呟いたきり絶句する。

〈ふうん。なかなかいい男じゃない〉

ややあってから、突き放すように先輩が言った。

〈私の知り合いにもいるけど、こういういかにもな感じのイケメンって、結婚相手には堅実で地味なタイプを選びたがるよね。これまでの人生でモテまくってきたせいで、美人慣れしてるって言うか、飽きちゃってるんだと思うな〉

どう返事をしていいものかわからなかった。たとえ思っても言うものだろうかと腹も立った。しかし同時に、おそろしく気分がよかった。すかっと胸がすくというのではなく、むしろどこか小暗い、意地の悪い痛快さだった。

長野市で生まれ育ち、短大時代は東京で暮らした経験もある小夜子にとって、野沢温泉という小さな村へ嫁ぐことに迷いや不安がなかったと言えば嘘になる。

だが、迎えてくれた義父母は根っから善良なひとたちだった。自慢の長男が連れてきた相手が期待に反するご面相でも、よく気のつく優しい子だ、しっかりしたいい嫁だと周りに紹介し、「小夜子」「小夜ちゃん」と呼んで可愛がってくれた。

若夫婦が新居に選んだアパートをたった二年で引き払い、実家の二階に同居するようになった今でも、それは変わらない。

変わったことがあるとすれば、初孫をせっつく言葉がぱったり聞かれなくなったことくらいだ。

＊

ひなびた温泉街、と聞いて人が脳裏に思い描くままを体現したかのような、ひなびた温泉街だった。

坂の途中のあちこちに横道があり、それをたどっていくと幾《いく》つもの湯屋や大小の旅館、あるいは土産物を並べる店や飲食店に行きあたる。山の手の高い場所にはリフトの点在するゲレンデが広がり、目線よりも低い谷あいには小中学校の校舎が佇《たたず》む。その彼方の空もまた、山々の稜線に遮《さえぎ》られている。

観光客は、いちばん近い鉄道の駅までもバスかタクシーで行くしかない。雪深いシーズンにだけは、街の交通の中心となるロータリーに、スキー客をぎっしりと詰めこんだ観光バスが次々にやってきては停まるのだ。

若者に人気の、たとえば白馬や志賀高原のような小洒落たリゾート感はないかわり、本気で滑りたい層には必ず満足して帰ってもらえるようゲレンデの充実にせいいっぱい心を砕いているのだと、知り合ったあの頃、孝介は自慢そうに胸を張っていた。自分の生まれ育った村にそれほどまでにまっすぐな誇りを抱ける彼がまぶしくてならず、聞いているこちらが面映《おもは》ゆい思いをしたことを小夜子は今でも覚えている。

孝介自身、当時はそうとうな滑り手で、役場が休みの日には頼まれてスクールのインストラクターを務めていた。スキーにほとんど興味のない小夜子でも、急なコブ斜面をバネ仕掛けのように滑降する彼の勇姿には惚れ惚れするほどだったのだ。

けれど、もう、あんな姿を目にすることはないだろう。

店内のテーブルを拭《ふ》く手を休め、小夜子は店先へ視線を投げた。外の道に面して小さなガラス張りのブースが設《しつら》えてあり、その内側ではいま、頭にバンダナを巻いた孝介が、すのこ状の木箱に信州名物のおやきや肉まんを並べている。銀色のトングを持つ手の動きがぎこちない。

Tシャツの袖で汗を拭うのを見て、

「大丈夫?」

後ろから声をかけると、孝介は黙ってうなずいた。あまり気遣うとうるさく思われそうで口をつぐむ。

と、店先に二人連れの外国人観光客が立ち止まった。気づいた孝介が、小夜子をふり返る。

「いらっしゃいませ！」

小走りに迎え出て、小夜子は二人に笑いかけた。まだ二十代だろうか、男女ともに見上げるほど背が高い。何を食べて育てばこうなるのだろう。

「ハロー。野沢は初めて？　ファーストタイム？」

片言の英語で話しかける。

「おやき、美味《おい》しいですよ。グッド・テイスト。ほんとほんと、トラスト・ミー。レッツ・トライ」

二人が顔を見合わせて笑いだし、それぞれに人さし指を一本立てた。

外の店先で蒸しあげている木箱をずらし、これは中身が野沢菜炒め、これは豚挽肉、これはりんごジャムとクルミ、と説明する。冬場は客の顔も見えないほどもうもうと湯気が上がるが、気温の高いこの時期は顔が湿るばかりだ。

野沢菜とジャムのおやきが一つずつ売れた。木箱をもとどおりに隙間なく積んで店内に戻り、夫を見やる。彼はもう、小夜子を見なかった。

英語に限らず、孝介はこのごろ人前でほとんど喋らない。言葉が思うように出てこないことがしばしばあって、事情を知らない相手から怪訝《けげん》な顔をされたり、知る相手から同情されたりするのがいやなのだろう。

倒れたのは一年半ほど前だ。脳梗塞《のうこうそく》だった。

命を取り留めただけでも幸いと言うべきかもしれない。リハビリを早く始めたおかげか後遺症は比較的少なくて済んだし、医者は、もっと重度の障害が残る人もたくさんいる中でここまで快復したのは奇跡に近いと言った。

それもこれも、孝介の慰《なぐさ》めにはならなかった。半身にはいまだに麻痺《まひ》が残っている。ほんとうは左利きなのだが動かないので、今も右手でトングをつかみ、やりにくそうにおやきを並べている。役場勤めは辞めるしかなかった。こうして店を手伝えるようになったのも、ようやく最近のことなのだ。

彼の給料をあてにできないとなると、義父母と同居せざるを得なくなった。今は東京の自動車整備工場へ働きに出ている孝介の弟がいずれ帰ってくるようなことがあればともかく、それまでは島田家の二階においてもらうしかなかった。

息子のことで嫁に苦労をかけると言って、義父母は気を遣ってくれる。だが、どんなに理解のある善良な舅《しゅうと》と姑《しゅうとめ》だとはいえ、互いにひとつ屋根の下で暮らすとなればいくらかの軋轢《あつれき》は生じるものだ。

夫婦の間柄でさえ、いや、血のつながった家族でさえ芯から理解し合うのは難しいのだし、ここまで良くしてもらっていて文句を言ってはばちがあたる……。そう自分に言い聞かせつつ、小夜子の胸の裡《うち》には、誰にぶつけることもできないやりきれなさが澱《おり》のように溜まっていくのだった。

思うに任せない体に苛立つ夫を見るのは辛い。無理もないことと思いはしても、彼が妻である自分の息苦しさに気づいてくれないのは寂しい。かつてはあれほどまぶしく光り輝き、周りを気遣う余裕に満ちていた人なのに――そう思うとなおさら、彼を壊してしまった病気が憎くてたまらない。

辛いことは、他にもある。誰にも話せない事柄だ。孝介が倒れて以来、夫婦の夜のことがほとんどなくなった。今ではもう医者も大丈夫だと言うのだが、夫ばかりではない、小夜子まで怖くなってしまったのだ。

万一、興奮が過ぎてまた血管が詰まったらどうしよう。細くなった血管にいちどきに血が集まって、また彼が意識を失ったりしたら。それきり今度こそ死んでしまったりしたら。そう思うと、隣に横たわる孝介の手に自分の指先がうっかり触れるのさえ怖かった。

まったく不可能というわけではなかったから、初めのうちは、無言のうちに促され、小夜子がおそるおそる上になってすることもあった。階下の義父母に畳の軋《きし》みが聞こえはしないかと気にしながら、声を押し殺し、懸命に腰を上下させた。だが、最後までには至らずに彼が萎《な》えてしまうことがほとんどで、そのうちには孝介も誘わなくなった。彼もまた怖いのか、あるいは自信を失ってしまったのかもしれなかった。

孝介の体、そして彼と自分の関係がこういうふうになったのが、せめて子どもが生まれてからのことであればまだしも救われたのに、と小夜子は思う。先走りの中にもわずかに精子が含まれている場合がある、と聞いたことがあって、何とかそれで妊娠しないだろうかと期待もしてみたが、おそらくは無理な話だった。

二人して、子どもは何人作ろうかなどと将来を語り合った日があった。孝介も自分も、子どものいない人生など端《はな》から考えられなかった。幼い子どもをかかえて夫の介護となれば今より生活は大変だったろうけれど、それでも日々のなかに笑いは増えただろうし、彼の心にだって張りが生まれ、リハビリをもっと積極的に頑張る意欲だって湧いたかもしれないのに……。

じつを言えば、かつて——まだ孝介がぴんぴんしていた頃、生理が半月ほど遅れたことがある。どきどきしながら妊娠検査薬を使ってみるとうっすらと陽性反応があったが、夫を喜ばせるのは病院に行って確かめてからにしようと思った。あまりにも強く望んでいたことだけに、勘違いで彼をがっかりさせるのが怖かったのだ。

翌朝、孝介を役場へ送り出し、洗濯物を干している時だった。突然、激しい腹痛に見舞われた。座布団を並べて横になり、いやな予感を押し殺しながら様子を見ていると、やがて体内から滑り出るものを感じた。蛇が這い出していくかのような感触だった。下着をおろしたとたん、鮮紅が目を射た。いつもの生理よりもはるかに出血が多く、中にはどろりとした塊のようなものが混じっていた。

胎嚢《たいのう》、と呼ぶものだと医者は言った。妊娠している間じゅう胎児を包んで守る袋だという。逆算すると四週と五日目、その時期の初期流産は通常の生理とほぼ同じに考えてよく、処置も不要と言われた。出血が何日か続いたが、それだけだった。孝介には結局、何も話さなかった。

通常の生理と同じ——医学的にはそうなのかもしれないが、小夜子にとっては同じではなかった。あの時の鮮やかな赤が、それを目にした時の衝撃が、いまだに脳裏に焼き付いて消えない。絶望の色だった。

考えたところで意味のない「もしも」を、以来、何度くりかえし思い描いたかわからない。

もしも無事に生まれていたなら、今ごろは二歳になっているはずだ。男の子、女の子、どちらだったのか。どちらであれ、孝介も自分も、どれほどその子を愛し、慈《いつく》しんだことだろう。

「……せーん。……すいませーん」

外から響く客の声に、はっとなってふり返る。いつのまにかぼんやりしていたようだ。お待たせしました、と外へ出てみると、小さい男の子を連れた若夫婦だった。やっと幼稚園にあがったくらいだろうか。反射的に心臓がきゅっと収縮する。

「野沢菜のおやきを二つと、りんごジャムのを一つ下さい」

「はい、ただいま。蒸したてですからね、美味しいですよ」

ぼうや、やけどしないように気をつけてね。言いながら蒸し器に手をかけ、ガラス越しに中の孝介を見やると、彼もまた男の子のほうを見ていた。目が合ったらしく、にこりと笑いかけている。

夫の目尻になつかしい皺が寄る。片方の目尻だけに。

小夜子はうつむき、薄い紙袋の口をひらいて用意すると、りんごジャムのおやきを一つおまけして入れてやった。


その晩の食卓で、祭りの話題が出た。

この野沢で「祭り」といえば、例年一月十五日の小正月に行われる道祖神《どうそじん》祭りをおいて他にない。

「壮太《そうた》は、何日くらい前に帰ってくるつもりなのかねえ。今度こそは自分の番だもの、やることいっぱいあるでしょうに」

まだ五か月も先のことを義母の静子《しずこ》がしきりに気にするのは、年が明ければ次男の壮太が数えで二十五歳となるからだ。厄年の男たちは、道祖神祭りにおいて誰より重要な役割を担わなくてはならない。

道祖神とは、日本各地に伝わる民間信仰の神だ。家族に災いがありませんように。生まれた子どもがこのまま息災に育ちますように。厄年を何ごともなく過ごせますように。そういった願いをこめて、人々は古来、木石に刻んだ道祖神の像を村境あるいは辻などに祀《まつ》り、災厄や悪霊の侵入を防ぐ神さまとして大切に信仰してきた。

ちなみに野沢温泉の道祖神には言い伝えがある。男神は八衢比古神《やちまたひこのかみ》、女神は八衢比賣《やちまたひめ》神《かみ》、どちらも容姿が非常に見苦しかったために婿にも嫁にも行けずにいたのだが、このふたりが結ばれたところ、めでたく男子が誕生したというのだ。その逸話から、とくに良縁安産の神さまとしても信仰されるようになった。

古い記録によると、この土地の道祖神祭りは江戸時代後期にはすでに盛大に行われていたらしい。各地に今も残る火祭りの中でもとくべつ壮大な火柱が上がることで知られているが、それとともに有名なのは、火をかけようとする村人たちと、社殿を守る厄年の男たちとの間で繰り広げられる激しい炎の攻防戦だった。

村の中心となる広場に、毎年この祭りのためだけに組み上げられる巨大な社殿へと、松明《たいまつ》をかかげた村人たちが次々に突進する。四十畳もの広さの屋根に上がっているのは、村じゅうから集まった四十二歳本厄の男たちだ。

「しょーっしょい、おっしょしょーのしょーっしょい！」

酒で首まで真っ赤にした彼らが、大声をはりあげながら焚きつけとなる柴を投げ下ろしては人々を煽《あお》り、指示を出す。その真下で、同じく村じゅうから集まった二十五歳厄年の若者たちは、手にした松の枝ただ一本で燃えさかる松明に立ち向かい、社殿を炎から必死に守るのだ。

めーでーたーく　建ーてーた
いーのちあるなら来年も
また来年も

いーのちあるなら来年も
うーたーえーば　つーけーる
さーてば友だちゃいいもんだ

孝介とつきあい始めた頃、祭りを見に来て、その歌を耳にした小夜子は驚いた。友だちはいい、という言葉が大人の男の口から堂々と歌われることに、どこかくすぐったいような思いがして馴染《なじ》めなかった。

聞けば、この村では同じ年に生まれた者は「友達衆」と呼ばれ、子どもの頃からありとあらゆる行事を通じてつながりを深め合っている。だから数えの二十五歳になれば当然のように全員が集まり、自分たちで独自の名前を考えて、祭りのための会を発足させるのだそうだ。

〈ちなみに、俺の時は『翔龍会』だったよ〉

孝介からそう聞かされた時は思わず吹きだしたものだ。任俠映画に出てきそうな名前だね、と正直に感想を言うと、孝介も笑った。

〈まあでも、毎年たいていそんなふうな感じの名前になるよね。みんなで揃いのツナギ作って、背中に『○○会』って文字を入れてさ。それから後はもう何年経っても、『○○会の誰々』って言えば話は通じるわけ〉

結束が固いっていう意味では、そんじょそこらの組にだって負けないと思うよ、と彼は言った。

確かにそうかもしれない。孝介が火消し役を務めた祭りから七年が過ぎた今でも、幼い頃から友達衆として一緒に育ってきた仲間たちは皆、体の自由が利かなくなった彼のことを何くれとなく気遣ってくれる。店の前を通りかかれば必ず覗いて声をかけてくれるし、彼らが相手の時だけは、孝介も煩《わずら》わしがらずに、片側だけの笑顔で応対している。『翔龍会』の面々に、四十二歳の厄年がめぐってくるまであと十年。その時、孝介はみんなと一緒に社殿の屋根へ登れるだろうか。いや、それより何より、十年先に自分がどうしているかを考えると、小夜子はうっすらと頭から血が引いて気の遠くなる思いがするのだった。

義母の静子は、夫に味噌汁のおかわりをよそいながらまだ次男の壮太の話をしている。東京の自動車整備工場で働く彼の給金が毎年いくらも上がらないこと。先輩にひとり何かと無茶を言う人がいるようだが、幸い工場長には可愛がられているらしく、だんだんと大事なお客さんの車を任されるようになってきて当人が喜んでいること。

もともと兄とは面差しも性格も似ていない壮太は、よほどの用がない限り家に連絡などしてこない。たまりかねた母親のほうから電話をかけて、ようやく少しばかりの情報が得られるといった具合だ。

両親が弟のことを話すそばで、孝介は太い箸《はし》を握りしめ、黙々と薩摩揚げを口に運んでいる。彼のおかずだけはあらかじめ、ひと口で食べられるサイズに切り分けてある。

向かいに座る小夜子は腰を上げ、彼と、義父の政男の湯呑みにそれぞれお茶を注ぎ足した。こぽ、こぽぽぽ、という音に、金魚たちの水槽に弾けるあぶくを思いだす。

申し分のない恋人。申し分のない結婚。申し分のない新婚生活——。

周りに対して、あの頃どれだけ鼻高々だったかを今さらのように思い知らされる。同僚があんな反応しか返してこなかったのも、考えてみれば当然だったかもしれない。

我ながらつくづくいやな女だと思った。世の中には、体をこわした夫を支えて頑張っている主婦くらい沢山いる。自分だけが辛いわけではない。辛いどころか、こうして住む家があり、食うに困らず、義父母はよくしてくれて、夫は再び歩けるまでになった。すでに充分すぎるほど幸せなはずではないか。

それでも——彼と生きる人生への期待値が高かったぶん、失われてしまったものもまた途方もなく大きく感じられるのだった。誰を責めることも出来ないだけになおさらだ。

この先、自分の産んだ赤ん坊を腕に抱く日はほんとうに訪れないのだろうか。このま、ひなびた温泉の村でただ歳を重ねていくだけなのだろうか。

だがもちろん、そんなことは誰にも言えない。嫁いで以来、友達と呼べる相手も何人かはできたが、うかつに愚痴めいたことをもらしたりすれば、ほんの数日で村じゅうの知るところとなってしまうかもしれない。そう、彼らの結束は固いのだ。こちらにも相手にも悪気などなくても、何がどう曲がって伝わるかわからないし、いったん人の耳に入ったことは二度と消せない。どこの誰からも丸見えの囲いの中に、とじこめられている心地のすることがある。

孝介よりもあまり早く食べ終わってしまわないように、小夜子はゆっくりと漬け物を嚙みしめた。箸を握る指先がぱさぱさと乾いているのを感じる。昼間、金魚の水替えをしたせいだ。

赤く透きとおった尾びれの残像が、義母の漬けた野沢菜の上にふわりとひるがえる。

この村は、ガラスの水槽だ。

＊

短い夏が去り、秋の訪れにようやく気づき始めたかと思えば、もう雪の気配がすぐそこまで迫る。この土地の秋冬は、季節の約束ごとを覆《くつがえ》そうとするかのような駆け足だ。

九月も半ばを過ぎると、年明けの道祖神祭りへの準備はいよいよ本格的なものになってくる。会場となる広場に建てられる社殿は、厄年の男衆によってすべて手作業で組み上げられるのだが、まずはその社殿の芯に運び入れるための燃え草を集めなくてはならない。桁《けた》や垂木《たるき》となる材料、それに社殿の屋根の上に積むボヤと呼ばれる柴の束《たば》も、村の共有林から伐《き》り出してくる。

さらに下旬になると、祭りの惣代《そうだい》と厄年の代表者とが下見をして、社殿建築の中心となる御神木を五本選び出す。選ばれるのはまっすぐなブナの木と決まっていた。直径一尺、長さ十間ほど——つまり、太さの直径が三十センチ以上、地面に立てたときの高さが十八メートルほどの大木を伐り倒し、人力だけで運び出す。十月中旬、いよいよ伐採という朝には山の神に安全を祈願し、ブナ林では注連縄《しめなわ》を張り、祭壇も設けてお浄《きよ》めをする。すべては厳粛な神事なのだ。

実際に作業にあたるのは、数えで四十二歳の本厄を筆頭に、同じく四十一歳、四十歳の男たちで構成された「三夜講《さんやこう》」と呼ばれる組織で、そこに二十五歳の厄年が加わって立ち働く。

「つるつるーっと！　よいやさのさー！」

祭りの委員長の掛け声に合わせ、

「しょーっしょい、おっしょしょーのしょーっしょい！」

一本あたり二十人もの人手をかけて引き出された御神木は、年が明けるまで大切に横たえられ、保存され、一月十三日を待ってまた祭りの会場まで運ばれてゆくのだった。

しかし、それらの作業に加われない者もいる。孝介の弟・壮太のように、村を出て別の土地で働いている男たちだ。

御神木の伐り出しから参加することをあきらめ、ぎりぎり社殿の建築から加わるとしても、勤め先には年明け早々にまた数日間にわたる休みをもらわなくてはならない。祭りで自分の役割をきっちり果たさない限り、野沢の男として認めてもらえないのだ——などといくら言っても、その価値観を他人に理解してもらうのは至難の業《わざ》だ。

「村の保存会のほうから会社宛てに、説明っていうか依頼の手紙は出してくれたらしいけどねえ」

ぼやくように言いながら、静子は小夜子に紙袋の束を手渡した。

「だけどほら、お正月休みのすぐ後でしょ。壮太も会社に気を遣って、年末年始の雑用なんかは率先して引き受けてたみたいだけど」

家族四人が、揃って店に出ていた。師走も二十日を過ぎてからは目に見えて忙しくなり、平日でも義父母が一緒に働かなくては手が回らなくなっている。

「それで、なんとかお休みはもらえたんですか？」

「一応もらえはしたけど、あのいつもうるさい先輩にまたあれやこれや言われてるんじゃないかねえ。ああいう子だから詳しくは話そうとしないけど、言葉の端々で何となくわかるもんよ」

話しながらも手だけは忙しく動かすその横顔は、誰が見ても一目で母子とわかるほど孝介にそっくりだ。長男は母親似、次男は父親似。生まれた瞬間に人生の明暗が分かれた、などと思うのは義弟に失礼だろうが、同じく容色に難のある自分などはむしろ、壮太のような男と連れ添ったほうが心穏やかでいられたのかもしれない、と小夜子は思う。

と、店先をすーっと横切ろうとした自転車が、急ブレーキの音をたてて止まった。

「おばちゃーん、お久しぶりー」

片足をついたまま声をかけてきたのは、ジーンズにダウンジャケット姿の若い娘だった。

小夜子は思わず見とれた。ほとんど化粧もしていないのに、遠目にもわかるほど肌がきめ細かい。

「あれまあ、シホちゃん。帰ってきてたのかい」

「昨日からやっとね。ねえ、壮太は？」

「まだだよ。十二日の夜中にならないと帰れないんだって」

「あ、でもそれなら、社殿造りにはなんとか間に合うんだね。よかった。じゃあ、また会いに来ます。おばちゃんからもよろしく伝えといてね」

お邪魔しましたー、と奥にいた政男に声をかけ、再び自転車をこぎ出した彼女が、最後にブースの中の孝介にも会釈《えしゃく》して遠ざかってゆく。その背中を見送りながら、静子がふっと笑った。

「壮太の同級生でね、ふだんは名古屋の会社に勤めてるの。幼稚園の頃から知ってるけど、いつ会っても明るくていい子でねえ。ああいう子が壮太のお嫁さんに来てくれるといいのに」

「そりゃ無理だろう」

と、めずらしく政男が口をはさんだ。

「どうしてよ」

「あんな美人、壮太には釣り合わんだろう」

小夜子は目を伏せた。孝介にならともかく、と言われているような気がした。

「そんなこと、わかんないじゃないの。私だって、あんたみたいな人のとこへ来てあげたんだから」

おどけた口調でそう言い放った静子が、小夜子に向かってぺろりと舌を出してみせる。

そうですよね、と調子を合わせて笑ってみせながら、胃の壁が軋んだ。

義母の言葉にせよ、義父のそれにせよ、顔の美醜になどこだわっていないからこそ言えることなのだろうとは思う。

けれど、とくに静子の態度にはしばしば、あらかじめ美しく生まれついた者特有の優しい鈍さを痛感させられて、小夜子は小さく傷つくことがあった。まるで紙の端で指を切った時のような痛みとともに、それらの傷はここ数年の間にいくつもいくつも折り重なってはじくじくと膿《う》んでいるのだった。

＊

しょーっしょい、
おっしょしょーのしょーっしょい！
反り返るように大きくせり出した屋根の上で、提灯《ちょうちん》をかかげた世話役をはじめとする四十二歳厄年の男たちが、手拍子とともに気勢をあげる。

掛け声の意味など小夜子にはわからない。意味などないのかもしれない。生まれてこのかたずっと一緒に育ってきた仲間と、一生にたった一度、祭りの主役となることの興奮。昂揚。歓喜。抑えがたいその思いが掛け声となっただけなのかもしれない。

いーのちあるなら来年も
また来年も
いーのちあるなら来年も

屋根に登る前から一人一升ずつは空けているだろうか。骨にこたえる氷点下の中で、おそらく誰も寒さを感じていないはずだ。

一時間ほど前から、炎の攻防戦はすでに始まっていた。

火元と定められる寺湯の河野《こうの》家から頂いた火種は、道祖神の歌とともに祭場へと運ばれる。屋根に登った男たちは次々に松明となる柴の束を投げ下ろし、村の男たちがその束に火を移しては、いざ社殿を燃やさんとばかりに突進する。そのたびに、二十五歳厄年の若者たちが必死の雄叫《おたけ》びを上げながら松の枝一本で押し戻し、追い返す。あたりは怒号の渦となり、暗い夜空に深紅の火の粉が舞い散る。

どの顔もみな、煤《すす》で汚れ、火傷《やけど》に赤く腫《は》れあがっていた。したたかに酒を飲んで走り回る男たちの興奮はもはや制御できるはずもなく、近郊から集まった三千人の観光客までが松明の炎に煽られては右往左往、必死の押しくらまんじゅうとなる。子どもなら圧死、大人でも万一転べば無数の足に踏まれてただでは済まないほどの激しさだ。

その喧噪の中心からはわずかに離れた場所、社殿を真横から眺める位置に張られたロープの内側で、小夜子は夫や義父母とともに祭りのなりゆきを見守っていた。そこはいわば家族席だった。

十二日の夜中に車を運転して帰ってきた壮太は、いま、社殿のほぼ正面に陣取って松の枝を振り回している。大声を張りあげて何か叫ぶたびに、ちらつき始めた雪が口の中に舞い込む。

御神木を祭場まで引き出してくる十三日の里引きには間に合ったものの、九月から十月にかけての下準備にはまったく参加できなかったことが、彼としては言葉にならないほど心残りだったようだ。集まった仲間たちを相手に黙って一度だけ深々と頭を下げたのを、小夜子はちょうど見てしまった。みんなから寄ってたかって頭を乱暴に叩かれ、背中をどやしつけられる。それが彼ら一流の慰めのようだった。

結局、休みが取れたのは今日を入れて三日間、明日の早朝にはもう野沢を発ち、いつもの時間に出勤しなくてはいけないらしい。ゆうべも夜を徹して作業が続けられ、社殿がようやく完成したのは今日の午前中だったから、結局のところ彼は帰郷してからほとんど寝ていないのではないだろうか。祭りが終わるまで体がもつかどうかが心配だった。

とはいえ、日頃の肉体労働のせいか、若い壮太の肉体はいっそ眩《まぶ》しいほどの筋肉に鎧《よろ》われていた。ポンプアップした人工的なそれではなく、極限までそぎ落とされた実用向きの筋肉だった。

目つきがいいとはお世辞にも言えない。一重《ひとえ》の三白眼で唇は分厚く、面長《おもなが》な顔の真ん中に台形の鼻があぐらをかいている。けれど、作業の手を休めた男たちに小夜子が熱々のおやきを差し入れてやった時など、壮太が浮かべた照れくさそうな笑みは年相応の明るいものだった。言葉少なに礼を言って受け取る彼の耳の先が、寒さのせいだろう、子どものように真っ赤に染まっているのを、小夜子は微笑ましく眺めた。彼のまっすぐな気性と若々しい生命力がひどく尊く感じられ、そういうものに自分はずいぶんと久しぶりに接したように思えた。

社殿の上に用意されていた柴の束も、ようやく底をついてきたようだ。火元の家での儀式から、すでにしたたかに飲まされ酔わされた若者たちが、倒れてはまたよろよろと起きあがり、襲いかかる松明に向かってゆく。

祭場となっている広場の後方には、見上げるほど大きな初灯籠《とうろう》が二棹《さお》、出番を待って控えていた。支柱の高さは十メートル近く。江戸時代の火消しの纏《まとい》にも、あるいは赤ん坊をあやすガラガラにも似た姿のそれは、前の年に長男の生まれた家が仕立て、祭りの最後に社殿と一緒に燃やされるものだ。

てっぺんには御幣《ごへい》、その下に傘。家紋の入った垂れ幕や内側に風鈴を吊した丸灯籠、紙で作った花々などが豪華に飾り付けられ、さらにその下には親戚や近所の子どもたちから寄せられた祝いの書き初めが無数に吊されて夜風になびいている。

「……れたな」

隣に立つ夫の声が遠く、思わず「え」と見上げると、孝介はめずらしくじっと小夜子を見つめた後でもう一度口をひらいた。

「疲れたから、先に帰ってようかな」

「じゃあ、私も一緒に」

「いいよ。最後まで見届けてやって」

くぐもった声で言い、孝介がきびすを返す。

静子が何か話しかけたようだが、周りのどよめきにかき消されて聞こえなかった。母親に向かって面倒くさそうにうなずいた孝介が、ゆっくりと歩き去ってゆく。あれよりも速く歩くことはできないのだ。

「何て、言ったんですか？」

「うん？　私らももうじき帰るから一階の暖房つけといて、って」

「一人で大丈夫でしょうか」

呟くと、静子が笑った。

「小夜ちゃんさ、あの子のことちょっと気にしすぎよ。子どもじゃないんだから」

でも、と反論したくなるのをこらえる。確かにそのせいで時おり孝介が苛立つのを、小夜子自身も感じてはいた。

加減がわからないのだった。前とは違ってしまった夫を少しでも放っておいては、まるで愛情が薄まったように思われそうで、それが怖くてならなかった。そのいっぽうで、そうして過剰なほど彼を気遣ってみせることによって、自分はむしろ足りない何かを糊《こ》塗《と》しようとしているのかもしれないと思う。整理のつかない罪悪感が腹の底に重たかった。

しょーっしょい、おっしょしょーのしょーっしょい！

社殿へ目を戻す。煤にまみれた若い顔、顔、顔が、松明に照らされて赤々と浮かびあがる。煙や火の粉に目をやられ、どの顔も涙と鼻水でぐちゃぐちゃだ。背丈や体格に差こそあれ、誰もがありったけの力をふりしぼり、自身にとっての限界ぎりぎりで戦っている。

と、屋根の上に動きがあった。世話役の手にした提灯が揺れると男たちがおもむろに立ちあがり、社殿の後ろ側に立てかけられた長梯子《ながばしご》を使って一人ずつゆっくりと地上へ降り立つ。全員が降りたところで、とうとう社殿の正面に設えられた扉が開け放たれた。

その中に松明が押しこまれてからはあっという間だった。

がっちりと組み上げられた垂木や桁の表面を、大蛇の舌先のような炎がちろちろと舐めながら這いのぼるのを、小夜子は体をこわばらせ、息をすることも忘れて見つめた。

今の今まで男たちが座っていた屋根の柴が乾いた音を立てて爆《は》ぜながら燃えあがる。あちらとこちらの炎が合流し、中央にそびえる御神木のブナの木に襲いかかると、幹の中ほどに鳥の巣箱のように掲げられた道祖神の社《やしろ》がいよいよ黒々としたシルエットとなって浮かびあがった。神に捧げる祭事でありながら、まるで火あぶりの刑のようだと小夜子は思った。

燃えあがる炎の起こす熱風がごうごうと唸《うな》り、緋色《ひいろ》の竜巻のように夜空へ駆けのぼる。見上げれば、空の彼方から落ちてくる粉雪と、舞い上がる火の粉とが渾然《こんぜん》と混じり合い、紅白の蛍が乱舞するかのようだった。

ひときわ大きな歓声が上がった。社殿に向かってしずしずと進んでいった二棹の初灯籠が、最後にゆっくりと倒され、炎の中に立てかけられる。昨年生まれた男の子の名、その健《すこ》やかな成長への祈りが記された書き初めが一瞬にして炎に呑まれるのを、同じ名前の鉢巻きを締めた親戚たちが嬉しそうに背中を叩き合っては見守っている。

燃えてちぎれた紙片がひらりひらりと宙に舞うのを見あげながら、小夜子は我知らず涙を流していた。

あの時の子がもし無事に産まれていたなら、島田の家からもとっくに初灯籠を出していたはずだったのだ。夫や義父母と並んで炎を見上げ、あんなにも晴れがましい幸せを嚙みしめられる日はもう決して訪れないのかと思うだけで、自分の人生に意味などないような気がしてくる。

何を感じ取ったのか、静子がダウンジャケット越しにそっと背中を撫でてくれる。申し訳なさによけいに泣けてくるのを、小夜子は奥歯を嚙みしめてこらえた。

火が回るのは早かったが、社殿がおおよそ燃え尽きるまでにはやはり長くかかった。壮太たちの造った建物はじつに出来が良かったらしい。たいていの年は四方の柱のどれかがまず力尽き、全体が斜めに傾いて倒れるのに、今年は最後の最後まで持ちこたえた屋根が、ほとんどまっすぐにどさりと燃え落ちて見物客を喜ばせた。

炎を見つめ続けていた目の奥が、灼けてずきずきと痛む。風向きが変わるたびに煙を浴びたせいで、衣服や髪から燻製《くんせい》の匂いがする。

静子も政男も、さすがに体が冷えきったと言って先に帰っていった。次男が無事に野沢の男になったのを見届けて、二人とも満足そうだった。

しかし、当の壮太にはまだ仕事が残っている。社殿は燃え落ちたが、中心に立つ五本の御神木はくすぶりながらも変わらずにそびえていて、それを根元から伐り倒す作業を終えなければ家には帰れない。

火が消えたと同時に、あたりは真っ暗闇だ。

「こんばんは」

暗がりから急に声をかけられ、小夜子は飛びあがった。

「あ、すいません。島田さんですよね。この間、お店で」

唯一の光源である月が相手の頭上にあるせいで、顔はよく見えなかったが、声で覚えていた。自転車の彼女だ。

ああ、あの時はと応じると、

「壮太くん、頑張ってましたねえ。『かっこよかったよ』って言っといて下さいよね」

彼女も酒が入っているらしく、いささか間延びした喋り方だった。

「なんかもう、びっくりしちゃいましたよ。いつまでもガキだガキだとばっかり思ってた子たちが、今夜はみんな、すっかり大人の男の顔してて……」

びっくりですよもう、と繰り返す彼女を、横合いから現れた男が引っぱって連れていく。おそらく彼も同級生、友達衆の仲間なのだろう。

月明かりにそびえ立つ御神木の根元で、チェーンソーが唸りをあげ始める。壮太を目で探してみたが暗すぎて見つからず、小夜子はあきらめて自分も家に戻ることにした。

祭場の入口には、等身大の木彫りの道祖神一対が据えられていた。足を止めて眺める。尋常でなく醜かったという二人の神さまに手を合わせる気持ちにはなれなかった。

座敷の明かりはついていたが、静子と政男はもう休んだようだ。二階の孝介もおそらく寝入っている頃だろう。寒さ以上に自分の煙臭さをなんとかしたいが、風呂を使えば水音で皆を起こしてしまうかもしれない。

いちばん煙臭いダウンジャケットだけを別のものに着替えて、小夜子は再び家を出ると、近くの外湯に向かった。髪を洗い、熱い湯に浸かれば、さっきからずっと気持ちの芯に残っている蒼いようなさみしさも溶け出してゆく気がした。

そんなにうまくはいかなかった。来た時とさほど変わらない、むしろ髪や体がこざっぱりしたことでかえって際立ってしまった想いを抱いて、家への坂道をたどる。上り坂よりも、下り坂のほうが寂しい、と思った。

家に続く最後の路地を曲がった瞬間、小夜子は思わず声をあげた。後ろへ転びそうになるのを、ぶつかりかけた相手が慌てて支える。その近さでようやく誰かわかった。

「びっくりした……」

煙の臭いがぷんぷんする胸元から、急いで顔を離す。

「お帰りなさい、お疲れさま。今までかかったの？」

「うん、まあ。最後にみんなで乾杯もしたけど」

言いながら、壮太が鼻を蠢《うごめ》かせる。洗い髪から漂う匂いを嗅がれているのだと気づき、心臓が激しく脈を打つ。

「お……お義母《かあ》さんたちを起こしちゃってもあれだから、そこのお湯に行ってきたの」

人けのない夜道に自分の声がやたらと大きく響く気がする。ささやくような話し方になってしまうのはそのせいだ。

「もしかして壮くんもそのつもりだった？」

「いや。煙草切らしちゃって、車のやつを取りに」

「ついでにお風呂も行ってくればいいのに」

「無理。もうマジだるいし」

「わかるけど、明日早いんでしょ？　温まってから寝たほうが休まると思うよ」

返事が返ってこない。

怪訝に思って目を上げたとたん、視界が真っ黒になった。目の前が壁に覆われていた。煙の臭いのする、硬く柔く張りつめた壁だった。

「壮……くん？」

「うん」

「何してるの？」

「俺、酔っぱらってるから」

「だから、何」

「寄りかかってんの」

「それだけ？」

今度も返事はなかった。かわりに、背中にまわされた腕に力がこもってゆく。

触れあっている部分を通じて、彼の思考や望みが流れこんでくるのがわかった。それともこれは自分だけが望んでいることだろうか。

このまま彼の手を引いて車へ行き、後部座席でもつれ合う。自分の鼻先さえ見えないほどの暗闇ならば、顔や軀《からだ》がどんなに不格好だろうと相手の目を気にしないで済むだろう。エンジンをかければ人が乗っているとわかってしまうから、凍える寒さは我慢して下半身だけつながり、獣みたいに貪《むさぼ》り合えばいい。それこそ脳の血管も切れよとばかりに腰を振り、最後は彼に頼んで上になってもらう。壊れるほど激しく子宮の底を突き上げられたなら、自分は漏れる声をこらえることができるだろうか……。

不思議なくらい、現実感がなかった。そのぶん、罪悪感も希薄だった。

軀の中心は熱をもって疼《うず》き、もはや立っているのも苦しいほどだ。けれどやがて、小夜子はそっと軀を離した。壮太のほうも、それ以上求めてくる様子はなさそうだった。

半ば残念に感じる自分を、ずるい女だと思う。男の側からひたすらに強く求められたなら、いっそ流されたふりで、今宵をただ一度きりの特別な夜にすることだってできたかもしれないのに。発情した牡にどこまでも追いかけられれば、ガラスの水槽の中に逃げ場はない。

「——ごめん」

壮太が低く呟く。

「どうして」

と、ささやき返す。

「酔っぱらっただけなんでしょ？」

壮太はうつむきがちに苦笑いをもらした。

「やっぱ俺、風呂行ってくるよ」

「そうね。そうしなさい」

義姉《あね》らしく言い残し、小夜子は彼の傍らをすり抜けて家へと歩きだした。

背後からの視線を感じる。壮太と自分と、両方の未練や気の迷いを断ち切るように、一歩ずつ、雪道を踏みしめて歩く。

どのみち、寂しいのだ。何も出来ないまま孝介のそばにいるのが苦しいからといって、かわりに壮太と抱き合い、万一彼の子を身ごもったとしても、家族の誰一人として今より幸せにはなれない。むしろ寂しさの総量が増すだけだ。それならば、せめて胸を張っていたいと思う。隣に立って背中を撫でてくれた静子の手に、背《そむ》くようなことはするまいと。

けれどそう誓おうとするそばから、下着の薄い生地に、意思とは関わりなくにじみ出てくるものがある。久しぶりに猛々しい牡の匂いを嗅いでしまったせいだ。

夜空を仰ぐ。燃えさかる炎の残像に重なって、透きとおった柔らかな赤が、まるで水底にひらく花びらのようにゆらりとひるがえって消える。

唐突に思いあたった。

金魚たちが棲《す》む水の、あの鉄錆が入り混じったような匂いは、女が生理の血を洗い流す時に足もとから立ちのぼるそれとよく似ているのだった。

約束の神

クズマキケンジを知っているだろうか。

通称〈クズケン〉――十年前に二十三歳の若さで逝《い》った、歌手でありギタリストだ。突然死、としか知らされていない。心臓か脳か、それとも事故や事件を隠すための方便であったのか。何しろ情報の少ないアーティストだった。

生前の活動は、わたしも知っている。いい曲を書いていたし歌っていた。タッパのある恵まれた体軀《たいく》。太い首の上に、髪を短く刈り上げた頭。名人が彫り上げたかのような完成された顔立ち。そして、低く、わずかにかすれたその特徴的な声。バンドは組まず、ピンでギターを弾き、合間にブルースハープを吹きながら自作の曲を歌うというスタイルは、あの頃でさえすでに時代遅れだったかもしれない。それでも彼には熱狂的な信者がいた。中には容姿が目当ての追っかけなどもいたが、多くは音楽を聴くだけの耳を持ったファンたちだった。

出身は岩手県の南部。十代の初めからは東京で育ち、高校二年のとき手に入れたアコギにのめりこみ、大学在学中、渋谷の路上でアンプも使わずに歌い始めて、ちょうど三日目にスカウトされたという。まるで売り込みのために用意された伝説のようだが、事実だ。

しかし、公表されているバイオグラフィーはその程度に過ぎない。ライヴを中心に活動していた〈クズケン〉がたった二枚だけ遺したアルバムのライナーノーツを見ても、またどれだけのインタビュー記事をあたっても、それ以上のめぼしい情報が得られないのは、生前の彼自身が過去について語ることを避けていたためだ。

セールスを考えての作戦だったのか、それともただ当人が嫌ったのかさえ、今となってはわからない。ネット上にはファンたちの書き込む願望や、悪意ある憶測や作り話の類《たぐ》いがいまだに多く残っていたが、どれにも裏付けがなく、信頼するには足りなかった。

今年が没後十年ということで某音楽専門誌から依頼を受け、いまだ謎に包まれているクズマキケンジの生涯についてまとまった記事を書こうとしていたわたしは、あらゆる伝手《つて》を使い、自らの足もさんざん使った末にようやく、彼の最期の瞬間に一緒にいた人物の消息を突きとめた。それが先月、十二月半ばのことだ。

及川友春《おいかわともはる》──ケンジとは同郷の幼なじみで、現在は西武線の沿線で暮らしている。職業はピアノ教師。独身らしい。

その死からそれなりの歳月が過ぎたとはいえ、明るく語れる思い出ばかりではないかもしれない。話を聞かせてくれるかどうかは、できればまず会って、こちらがどういう人間か確かめ、企画の意図などをよく吟味してから判断して頂くのでかまわない。

わたしはそんな内容の手紙を（それよりはずっと低姿勢なニュアンスで）したため、やがて先方から連絡をもらって、時間を約束するところまでこぎつけた。年が明けて間もなくのことだった。

生業《なりわい》は文筆家だけれど、実際にわたしの仕事の七割を占めるのは、人に会って話を聞くことだ。

書いているジャンルがたとえば小説であったなら、その割合は二、三割に留まるのかもしれない。資料を読みこむのと合わせて四割ないし五割、残りの半分は想像力を駆使して作りあげてゆくのだろう。

厄介ではあろうが、案外と自由のきく作業にも思える。なぜなら、わたしが携《たずさ》わっているノンフィクションの分野において、想像で補って許される割合はおそらく一割にも満たないからだ。

大胆な仮説を立てるのはかまわない。しかしそれを証明しようと躍起になるあまり、事実をねじ曲げたり、自分に都合のいい解釈を積み重ねて読者を意図的に誘導していく書き方は許されない。取材した相手や身内を含む関係者から、たちまち名誉毀損《きそん》で訴えられてしまうだろう。

とはいえ、そういった我田引水的な書き方をわたしが神経質なまでに避けるのは、なにも訴訟が怖いからではない。このわたし自身が過去に、他人の悪意や、時には善意から出た大胆な仮説と無理やりの証明によって、幾度も傷ついてきた経験があるからだ。

仕事上、初対面の相手には名刺を渡す。名前とともに、住所もメールアドレスも携帯番号も明記してある。個人情報の保護がどうのこうのと言っても、フリーランスで仕事をするからには信用第一だ。住所も書かれていない名刺など信用できない、と考えるタイプの人も、まだ沢山いる。

だがそこまでしても、避けられないことがある。「ノンフィクションライター　宮崎晶」と書かれた名刺を渡し、

「みやざきあきら、と申します」

わたしが名乗ると、たいていの人は曖昧《あいまい》に微笑《ほほえ》み、挨拶を返しながらこちらの顔をちらちらと探るように見る。中には露骨に、喉仏《のどぼとけ》を凝視する人もいる。考えていることは手に取るようにわかる。わたしが男か、女か、判断がつかずにいるのだ。明確な答えが得られるまでは落ち着かないのだ。

そんな時わたしは、鷹揚《おうよう》に微笑み返すだけで本題に入る。

いったいどこの誰が、名乗った後に自分の性別までを口にするだろう？　わたしのような、どちらかといえば男に多い名前を持った女性であれ、あるいは〈かおる〉〈みちる〉のような女名前の男性であれ、名乗ってからわざわざ「ちなみに女です」「男で

す」と断りを入れる人間がいるだろうか？

性別だけではない。年齢、人種、国籍、独身か既婚か、子どもがいるかどうか、性的な指向や嗜好《しこう》や性自認、はては体重から靴のサイズにいたるまで、あらゆる属性は、そのひとが望む限りそのひと個人の秘密であることを許されて然るべきだし、当然、会ったばかりの相手に明らかにしなくてはいけないいわれはない。

よって、わたしの容姿が他人からどう見えようがどう受け取られようが、知ったことではない。わたしはただ、たまたま中性的な顔と、外からは見えないけれど両性的な身体とを持って生まれ育った。二千人に一人は存在するというからそんなに珍しいわけでもないと思う。ユニセクスな服装でいることが多いが、そのほうが落ちつくからそうしているに過ぎないし、それがわたしであり、ただそれだけのはずだ。

でも、人はわたしの顔を見て、そこから無遠慮に情報を読み取ろうとする。多かれ少なかれ、必ずだ。額のラインと眉の形は男性、目もとから頬にかけてはどっちかしら、女性？　口もとは男性寄りで、顎《あご》の骨格は女性寄り、全体の骨っぽさはどうだろう、男性……？　という具合に。

だからこそ――。

クズマキケンジの生涯について話を聞かせてもらうために、初めて及川友春と会った時は驚いた。

初対面だったにもかかわらず、わたしを見てもほとんど戸惑う様子がなかったのだ。

一瞬、眩《まぶ》しげに目を細めはしたけれど、探るような色はなく、それでいて無関心というのとも違って、あくまで自然な……つまり、他の誰と最初の挨拶を交わす時もそうなのだろうといった感じの礼儀正しさだった。

　晴れているが寒い午後のことで、彼は濃紺のダウンジャケットを脱いだ中にもVネックのセーターを着こんでいた。淡いグリーンのニットと、その下の白い丸首Tシャツの爽やかな取り合わせが、あっさりと薄味の顔立ちや、細身の体つきや、何より〈及川友春〉という名前の語感とあいまって、窓の外の季節にはそぐわない艶《つや》めいた印象をもたらしていた。

　この街に暮らし始めて、もうずいぶんになります、と彼は言った。ピアノは、池袋の百貨店の上階にある音楽教室で教えているのだという。

　わたしは、思わず彼の指先を見た。先へゆくほどほっそりとすぼまってゆく、しかし意外に節の高い指だった。ただ細いだけでは、激しい曲など弾けないのだろう。何となく、その指の佇《たたず》まいに彼の気性を感じ取る思いがした。

　待ち合わせ場所に指定されたのは駅前のスターバックスだったが、しばらくの間、間合いを計るかのような世間話を交わした後、こちらがいよいよ本題に入ろうとすると、及川友春は目をあげ、わたしを見た。

「よかったら、これから僕のうちへいらっしゃいませんか。歩いてもそんなにかからないので」

それは、この取材を承諾するという意味に解釈していいのだろうか。そう思いながら見つめ返すと、彼はふと、慌てたように言った。

「あ、いやもちろん、宮崎さんさえお差し支えなかったらですけど」

部屋で二人きりになることを、そこで初めて意識したらしい。

わたしの性自認は女性だけれど、決まった恋人を持ったことはない。今現在、好意を示してくれる人はいて、いま友春が「お差し支えなかったら」と言うのを聞いた瞬間にぱっと浮かんだのはその人の顔だった。

ややこしいことに、その人は女性でありレスビアンで、女としてのわたしを好きなのだという。じつのところ今夜、その人の部屋に招かれているのだが、まだ行くとも行かないとも返事をしていない。あんまり長く独りきりで生きてきたものだから、その程度の一歩を踏み出すにもためらうありさまだ。

「あの……どうかされましたか？」

訊かれて、慌てて目を上げた。

「ありがとうございます」と、わたしは言った。

「お言葉に甘えて、お邪魔します」

及川友春はほっとした様子で、その日初めて笑った。目尻と眉尻が一緒に下がった。

＊

そうですね——あれからもう、十年もたつんですね。

信じられないな。僕自身、なるべく考えないようにしていたので、言われるまで意識してませんでした。

……いや、違うな、すみません。あれ以来、彼のことを本当に思い出さなかった日なんか、一日たりともないんです。考えたくはないのに、そう思えば思うほど考えてしまって、時間の感覚がなくなっていたと言ったほうが正しい気がします。

いや、いいんですよ。これまで人に話したことはありませんでしたけど、たぶん僕は、誰かにちゃんと聞いてもらいたかったんだと思います。

剣《けん》ちゃんは……。あ、ええ、彼のことは昔からそう呼んでいました。まわりのみんな、そうでした。ケンジ、って名前を持つ子どものほとんどはそう呼ばれるものでしょ。

剣ちゃんは、葛巻剣児《くずまきけんじ》、といいます。葛巻という姓は、岩手にはけっこう多くてね。

剣ちゃんと僕は、二つ違いです。彼のほうが上ですが、同じ町に生まれて、同じ小学校へ通いました。彼が六年生の終わりに東京へ引っ越してしまうまでは一緒でした。

江刺《えさし》って知ってますか。北海道の江差《えさし》じゃなくて……。あ、そうか、剣ちゃんについて調べてらっしゃるくらいですもんね、そりゃ知ってますよね。

僕らの生まれた町は、黒石町《くろいしちょう》っていって、新幹線だと水沢江刺という駅がいちばん近いんですけど……。え？　あそこまで足を運ばれたんですか？　なんだ、だったら話が早いや。

まあそうは言っても、僕が生まれたのだってもう三十年も前のことですから、その当時は、今よりもっとずっと田舎でした。あそこで育った若い者にとってみれば、世界の行き止まりっていうか、おそろしく深い落とし穴の底みたいな場所でしたよ。

いや……わかりません、僕がそう感じてただけだったのかな。ある日突然に剣ちゃんが引っ越していって、昨日まで目の前にいたはずの大きな存在がいなくなってしまって、自分だけが取り残されたから、よけいに強くそう思ったのかもしれない。ここは暗くて深い穴の底だ、ってね。

どうして彼が引っ越していったか？　両親が離婚して、お母さんのほうに引き取られたんです。お母さんは東京の人だったので。

離婚の原因はわかりません。父親が飲んだくれては暴れるとか、夫婦げんかでどっちかが包丁を持ちだして警察沙汰になったとか、誰かが噂しているのを聞いたことはありましたけど、剣ちゃんは何も言いませんでした。

でも、彼のお母さんが逃げ出したくなったとしたら、それはわからないでもないかな。岩手まで嫁に来るくらいだから大恋愛の末だったのかもしれませんけど、あの町に限らず、都会からいきなり田舎へ嫁いでくれば、まあ息苦しくて当たり前でしょう。あの環境で育った僕もいいかげん息が詰まったけど、それとはまた別の苦しさがあったんじゃないかと思います。一挙手一投足、何から何まで見張られては採点されてるみたいに感じたとしても無理はない。

田舎ってのは……特に山がちで寒い地方の田舎っていうのは、多かれ少なかれそういうものらしくてね。そういうことは僕自身、東京で暮らすようになってからわかるようになりました。みんな、悪気があるわけじゃないんですけどね、よそ者に厳しいんです。よそ者に厳しい、というのはつまり、いわゆる〈異端〉に厳しいってことです。だから剣ちゃんは早いうちに出ていくことができて幸運だったと思うし、残された僕は人一倍、苦しかった。どういうことかは、後で話します。

とにかく、ものごころついて以降、剣ちゃんと過ごした数年間は、今でも極彩色のまま思い出せるくらい鮮やかでした。

学校が終わると、みんなは集まって、たいていの子どもがするようなことをして遊んでました。石蹴りだの、かくれんぼだの、あとは虫を捕ったり魚を釣ったり。

ただ、僕は最初のうち、うまく仲間には入れませんでした。お恥ずかしい話ですが、町の中ではかなり裕福な家に生まれたせいもあってか、ピアノなんか習わされて、母親から指を大事にするようにって厳しく言われてたんです。あの町で男の子にピアノっていうのは、当時はとくに珍しかったと思いますよ。ふだんの服装もこう、サスペンダーのついた半ズボンとか穿《は》かされてね。小学校でも自分が周囲から浮いてるっていう自覚はありました。

で、近所の子どもの中に一人、イジクサレ……意地の悪いやつがいたんです。釜石和夫《かまいしかずお》、といって、僕より二つ年上、つまり当時、剣ちゃんと同級の五年生でした。これがまた、とんでもない乱暴者でね。長い杉の枝を木刀みたいに振り回して、いつも子分を二、三人引き連れて。あの枝がひゅう、ひゅう、と空《くう》を切る音を今でも覚えてます。後ろでふいにその音がするたびに、背筋が凍るほど怖ろしかったから。

わかるでしょう。僕なんかは、恰好の標的にされていたんです。身体つきは今よりさらにひょろひょろしてましたし、何せほら、指を怪我しそうな遊びには加わろうとしないから、和夫のやつから見れば、苛《いじ》めていい正当な理由のある相手だったんでしょうね。

「男のぐせにこったなこともでぎねぁのが」

って、何かといえばみんなの前でさんざん馬鹿にされて、こっちが加わりたい遊びまでことごとく仲間はずれにされました。

それだけじゃない。人の見ていないところでは一層、陰湿な苛めをするんです。和夫と子分どもが、にやにや笑いながら僕を取り囲んでね。親や学校の先生にはばれないように、わざわざ見えないところを選んで思いつく限りの酷《ひど》い仕打ちをする。無理やり押さえつけられて、ズボンを下ろされ下着まで脱がされて、マジックで象さんの絵を描かれるぐらいはまだ罪のないほうです。いちばん痛い場所をかわるがわる抓《つね》られたり、地べたに転がされて靴底でぐいぐい踏まれたり……他にも、口にするのも恥ずかしいことをされました。

見えないところを選んで、と言いましたけど、身体のことだけじゃないですね。ああいう傷は、どうしようもなく心に刻まれる。

だからといって、怖くて外へ遊びに行かないでいると、母親や婆ちゃんなんかが心配していろいろ詮索《せんさく》してくるわけです。それはそれで困る。

大人に助けを求めようなんて考えませんよ。むしろ、最悪のことに思えました。なんででしょうね。大人たちが介入してきた後の、和夫からの報復の凄まじさを想像するとよけいに怖かったっていうのもありますけど、もしかすると、自分で自分の弱さを認めてしまうのが許せなかったのかな。せめてひとりきりで耐え抜くのが最後の砦《とりで》みたいな気がして、とにかく誰にも言えませんでした。

ああいうのって、希死念慮《きしねんりょ》っていうんでしたっけ。そう、毎日毎晩、死ぬことを考えましたよ。大げさに言ってるんじゃありません。小学三年生だって自殺は考える。首を吊るなら何で吊ろうか、父親のベルトか、母親のスカーフか、それともいっそ裏山の崖から飛び降りたほうが早いだろうかって、そんなことばっかり想像していました。和夫の目の届かないところへ逃げられるなら何だってよかった。あんな……あんな仕打ちに、それ以上耐え続ける勇気はなかった。死んでしまったほうがよっぽどましだと思ったんです。

でも――彼が、気づいてくれた。

そうです、剣ちゃんです。あの時点ではまだ全然親しくもなかったのに、葛巻さんちの剣児くんだけが、僕の窮状に気がついてくれたんです。

あのとき彼が行動してくれなかったらと思うと、ぞっとしますね。あと一日でも遅かったら、僕は今ここにいなかったかもしれない。それくらいぎりぎりのところでした。

例の杉の枝が、何度も、何度も、何度も、空を切りました。ひゅう。ひゅう。ひゅう。そのたびに、打ち据《す》えられる和夫の悲鳴とぶざまな泣き声が木立に響いて、応えるみたいに鴉《からす》たちが鳴き騒いで……。

そこは寺の境内《けいだい》でした。僕は、太い木の陰ですくんだまま、それでも目を見ひらいてその光景を全部見ていました。

和夫の子分たちですか？　手を出せるわけがありません。みんな、逃げることさえできずに茫然《ぼうぜん》と突っ立っているだけでね。それくらい圧倒的な光景だったんです。

どれくらいの時間だったのかな。永遠みたいに思えましたけど、実際はほんの数分だったかもしれません。剣ちゃんは、最後まで顔色ひとつ変えずにあいつをぶちのめすと、枝を林の奥へ思いきり投げ捨てて、それから僕のところへ近づいてきました。

たった今、あれだけ容赦《ようしゃ》なく和夫を打ち据えて、ほとんど半殺しの目に遭わせたっていうのに、彼は、瞳をきらきら輝かせて笑っていました。浅黒く日に灼《や》けた泥だらけの指が、僕の身体のあちこちを検分して、押したり、さすったり、つまんだりしては痛いところがないか訊いてくれて……最後に、僕の耳もとに顔を寄せて囁《ささや》いたんです。

「なあ、春。これがらは、俺のそばを離れるなよ。いづでも俺の眼《まなぐ》の届ぐどごろにいろ。そうすれば、俺がお前を守ってける」

驚いて見上げた時、彼の頭の後ろにちょうど沈んでゆく夕陽が後光のように重なって――。

あんなにも完璧な安堵《あんど》を、僕は知りません。彼の言葉は、もうまるごと、決して揺るぐことのない約束でした。

それ以来、葛巻剣児は、僕の〈神〉になったんです。

ちなみに、ずっと仲間の輪の外へ弾《はじ》かれていた僕なんかは気づく余裕もなかったんですが、いざ蓋《ふた》を開けてみれば、和夫を疎《うと》んでいた子どもは沢山いたようです。でも剣ちゃんは、いわゆる一匹狼でした。近所の子どもたち全員が彼には一目置いているけど、それまで一緒になって遊ぶことはほとんどなかった。仲間はずれとかじゃなく、剣ちゃんは自分から独りでいることを好んで、山の中を歩き回っていたようなんです。

これは後になってからふっと思い当たったことですけど、彼がとってくる川魚だとか、栗や茸や山菜やそんなものが、当時は葛巻家の家計をけっこう助けていたんじゃないかと思います。彼の家は、父親が働かなくなってからは大変だったようでした。

ともあれ、僕たちはそれ以来、誰にも脅かされずに安心して遊べるようになりました。

約束どおり僕から目を離さないでいるために、剣ちゃんまでが仲間に加わるようになって、みんなでお寺の界隈《かいわい》を勝手に縄張りに決めてそこで遊んでいました。

お寺っていうのは、〈妙見山黒石寺《みょうけんざんこくせきじ》〉のことです。毎年、旧暦の正月にそこでおこなわれる〈黒石寺の蘇民祭《そみんさい》〉は有名で、日本三大奇祭とか、三大裸祭りなんて呼ばれてますけど……。ああ、現地に行かれたならそれもご存じかな。本堂へ続く階段の下に、谷川が流れてたでしょう。あれは本来は山内川というんですが、寺のすぐ下を流れている一部分だけが特別に、〈瑠璃壺川《るりつぼがわ》〉と呼ばれていましてね。

蘇民祭の夜は、男たちが全員、一糸まとわぬ素っ裸でその瑠璃壺川で水垢離《みずごり》をして心身を清めるんです。ジャッソー、ジョヤサ、ジャッソー、ジョヤサ、って絶え間なく声を掛け合いながらね。

ジャッソーというのは「邪正」、邪を正す。ジョヤサは「常屋作」、とこしえの家を作る、つまり家内安全の祈願だと言われています。

近年はもう、公序良俗がどうとか猥褻物《わいせつぶつ》陳列罪がどうとか、うるさいことを言われるせいもあって仕方なく下帯を……褌《ふんどし》を締めるようになりましたけど、僕が子どもの頃は、というか千年以上もの昔から、男は全員が裸というのが当たり前でした。今さら、男の全裸を見に観光客が殺到するだの、露出狂の変態がストリーキング目当てで参加するだの言われたって、だから何なんだって話です。だって、祭りですから。神聖な祭事なんですからね。取り締まるなら、騒ぎを起こす不心得者のほうを取り締まるべきでしょう。

　僕ですか。ええ、僕も、一度だけ参加したことがありますよ。後にも先にもその一度だけですけど。でも、それについての話ももう少し後にしましょう。勿体をつけるわけじゃないんですが、できれば順番にお話ししたいんです。

　ともあれ——子どもだった僕らはそうして、お寺の境内や川を主な遊び場にしていました。目にする何もかもがきらきらしてましたよ。流れの速い浅瀬も、杉木立の梢《こずえ》にのぞく空も、川沿いに揺れるススキの穂も、それに他の連中には内緒の穴場で剣ちゃんが釣り上げて見せてくれたイワナやヤマメも……。あれは間違いなく、僕の一生を通じていちばん光り輝いていた時期でした。

　たった三十年と少しばかり生きただけのくせに何言ってるんだって思うでしょう。でも、しょうがない。僕にとって今の生活はもう、余生みたいなものですから。

　あまりにも強烈な光をまともに見ると、失明してしまうことがあるっていうじゃないですか。葛巻剣児という男のわずか二十三年間の生涯が、目の前でとんでもなく強く激しくスパークしたせいで、僕はある意味、視力を失ってしまったんです。だって彼を喪《うしな》って以来、何を見ても、聞いても、心が動かないんだから。

　ピアノでさえ、そうです。剣ちゃんが母親に連れられて引っ越していった後、不安から逃げるみたいに打ち込んで、一時は東京の音大に進むくらい夢中になりましたけど……今じゃもう、きゃあきゃあ猿みたいに騒ぐ子どもを宥《なだ》めたり煽《おだ》てたりしてバイエルやブルクミュラーを教えるか、発表会に出る中高生のために「月光」や何かを暗譜させるのがせいぜいです。たまには僕も弾きますが、何の情熱も感じない。そのかわり、機械みたいに正確で見事だなんて言われます。褒《ほ》め言葉だとは思えないので、嬉しくはないですね。

剣ちゃんとの再会、ですか。

あれは、僕が十九で、彼が二十一歳の時だったと思います。季節はよく覚えています。夏の初め、梅雨の晴れ間でした。

僕はその日、同じピアノ科の友人に誘われて、吉祥寺のライヴハウスでジャズを聴いてきたところでした。それがあんまりうまくなくてね。そういうのって、ひどく疲弊するものなんです。それで何となく風に当たりたくなって、ひとりで坂を下っていった先の、井の頭公園のベンチでひと休みしてました。するとどこからかギターを弾きながら歌ってる声が聞こえてきたんです。人に聴かせるための演奏じゃなくて、練習っぽいやつ。同じリフを何度も弾いたり、コード進行をいろいろ考えたりしながら歌ってる、それを聞くともなく聞いているうちに、僕は、はっとしました。

リフの部分の、メロディというよりリズムが……アコギの弦が荒々しく刻むリズムとその強弱、抑揚みたいなものが、子どもの頃から僕の身体に染みこんでいるあの掛け声とぴったり重なるんです。

ジャッソー、ジョヤサ、ジャッソー、ジョヤサ、ジャッソー、ジョヤサ……。

気のせいかもしれない。でも、立ちあがる時からもう、僕の膝は震えていました。

弦の音を耳でたぐり寄せるようにして近づいていってみると、池のほとりのベンチで、黒っぽい服を着た男がうつむいてアコギを弾いてました。外灯がけっこう明るくて、くわえ煙草の煙がひと筋立ちのぼるのが妙にくっきり見えて……男は一旦弾きやめると、その煙草を足もとの大きな石の上に置いて、また弾き始めようと顔を上げた拍子に、僕に気づきました。

十年近く会ってなかったんですよ。あの子どもの時から。

それなのに、どうしてすぐにお互いがわかったのか……しかもたいした驚きすらなかったのか、今考えると不思議でなりません。

「……よお、春」

剣ちゃんは、それだけ言って、目で僕を促しました。

〈神〉に命じられたら、従わなくてはなりません。僕は、ふらふら近寄っていって、ベンチの彼の右隣に腰を下ろしました。

梅雨時のもわっと湿った空気に毛穴をふさがれて、呼吸まで苦しく感じました。あたりは静かで、聞こえる音といったら池の鯉か何かがたてる水音と、岸辺で休んでいるアヒルやカモの羽ばたきくらいです。目の前の柳が池の水面に枝垂《しだ》れかかり、柔らかい枝の先が水に浸かっていて、その枝先がごく微《かす》かなさざ波に揺れるのを見てようやく、少しは風があるんだなとわかりました。

ということは、時間は確かに動いてる。それなのに、いま二人でここにいることが現実とは思えなくて、なんだか怖ろしいような心地がして……口もきけずに震えていたと思います。剣ちゃんのほうも、足もとの煙草をもう一度取って、ゆっくり吸い終わるまで黙りこくっていました。

それから吸い殻を土の上に捨て、ごついブーツのかかとで踏みしだくようにして消すと、いきなり手をのばしてきて僕のうなじのあたりをつかみました。ぐいっと引き寄せられた時、左の脇腹というか肋骨に、彼が抱えているアコギの角の部分があたって、その痛みに僕が身じろぐと、剣ちゃんはなおさら手に力を入れて僕の顔を間近に覗き込みました。痛みで頰が歪《ゆが》んでいたと思います。

そうして彼は、口をひらきました。

「あれほど言ったべ。俺のまなぐの届ぐどごろにいろって」

理不尽きわまりない言葉です。僕を置いて去っていったのは剣ちゃんのほうだ。僕はいつまでだって彼と一緒にいたかったのに、いきなり消えてしまったのは彼のほうだったはずです。

それなのに、言われたその瞬間に僕の身体を刺し貫いたのは、歓喜、でした。血がしぶきを上げてほとばしるような歓喜と、世界が蜜のように溶け落ちるかと思うほどの恍惚でした。

剣ちゃんが、僕を、昔のように「春」と呼んだ。僕のことを忘れていなかった。彼のそばにさえいれば何もかも大丈夫だ、すべて元通りだ……。

首根っこをつかまれたまま、かろうじて頷《うなず》いた僕は「ごめんなさい」とくり返し謝っていました。すすり泣いてしまっていたかもしれません。生殺与奪の権を握る神からようやく赦《ゆる》しを与えられたかのようで、全身がただただ痺《しび》れていました。

今にして思えば、剣ちゃんが故郷の言葉を話したのはあれが最後です。彼はそれきりもう二度と、僕の前でも、もちろん誰の前でも、方言を話すことはありませんでした。

彼が〈クズケン〉として、渋谷の路上でスカウトされてデビューするのはそれから三ヵ月ほど後のことです。そのとき歌っていた曲はのちに「邪正」というタイトルでシングルカットされ、彼にとっての最大のヒットとなりました。

ええ、そうですよ。僕らの再会のきっかけとなったあの曲です。

でも、夜の公園で僕が耳にした時はまだ、サビの部分の、いちばん印象的に耳に残るギターリフができあがっていただけでした。その部分にはのちに、「ジャッソー、ジョヤサ、ジャッソー、ジョヤサ」と囁く声を何トラックも重ねましたが、あの時点では他にAメロとBメロの原型みたいなものが少しずつできていただけだったんです。

剣ちゃんは、すでにいくつか自作の曲を完成させていましたけど、あの曲には思い入れがあったようで、何とか形にしたいと苦心していました。よく、僕にピアノを自由に弾かせて真剣に耳を傾けてましたね。ギターを弾きながら作る曲と、ピアノで作るそれとは違う、って……自分にはピアノの素養がないぶん、お前の演奏が曲作りのヒントになるんだと言ってました。

　そう言われると僕も嬉しいものだから、一生懸命にジャズアレンジの真似事なんかして協力してね。あの曲に限らず、完成した彼の歌に僕の思いついた旋律《せんりつ》がほんの一部でも混ざっていると嬉しかったし、誇らしさで背骨が痺れるようでした。

　ありがたいことに、物わかりのいい実家のおかげで僕はピアノの練習が思いきりできるようにと防音設備のあるマンションに住んでいたので、剣ちゃんにしてみるとおあつらえ向きだったんでしょう。ほとんど自分の部屋には帰らずに入り浸っていました。「金持ちは羨《うらや》ましいな」とか、「親に感謝しねえと罰が当たるぞ」とか言いながら、まるで彼の部屋みたいに我がもの顔でね。合鍵はちゃんと渡してあるのに、僕のほうが遅く帰ると不機嫌だったりすることもありました。

　剣ちゃんとしては、音楽をやるのに都合がいいという理由の他にも、自分の部屋に帰ると、節操なしに手をつけた女の子がやいのやいのうるさかったんじゃないかと思います。その時点で大学へはろくに行ってませんでした。試験なんかもどうしていたんだか……それもたぶん、女の子たちにノートのコピーをもらって適当に済ませていたんじゃないかな。

した。
何しろ彼は、モテましたから。前からそうですけど、デビューしてからはなおさらで

まだメジャーってほどではなかったけど、音楽シーンに敏感な人にはけっこう名前を知られていたと思うし、何せ容姿がほら、あのとおりだったでしょう。独特の掠《かす》れ声にせよ、誘うような目つきにせよ、身ぶりや、腰つきや、汗にまみれた苦悶の表情や、時折見せる子どもみたいな笑顔や……。全部ですよ、全部。彼の持っているあらゆるものが、ある種の人間には麻薬みたいな作用をするんです。一度知ってしまったが最後、離れたくても離れられなくなる。

そこへ持ってきて、あの歌詞だ。荒々しくて美しくて、常人ではちょっと思いつかないような飛躍をする瞬間に、怖ろしいような切れ味を見せる。僕の勝手な解釈ですけど、〈クズケン〉の本質は、歌手というより、過激で残酷な詩人だったと思います。ついでにそこへ、優しい、と付け加えてもいいですけど。

ふり返ってみれば、子どもの頃からすでに、彼のかたちはできあがっていたのかもしれません。

さっきもお話ししたように、剣ちゃんはあの頃、自分の見つけたイワナがよく釣れる穴場に僕だけを連れてってくれました。川の魚は、いっぺんでも警戒させるとその日はもう決して釣れなくなります。息を潜《ひそ》め、足音を忍ばせ、下流の岸からそっと近づいていって、水面に人影が差さないように気をつけながら音もなく釣糸を垂れるんです。た

だの遊びではなくて、生活がかかっていたならなおさらでしょう。彼は、まるで命のやり取りをするかのように真剣でした。

生きているヤマメやイワナを、間近に見たことがありますか。宝石みたいに綺麗なんですよ。銀色の腹に縞というか斑点のような灰色の模様が並んでいて、なおかつ全体が虹色のラメをまぶしたみたいに輝いていてね。観賞用の熱帯魚なんかにはない、野生の生きものとしての躍動美に満ちているんです。

でも、触るとすごく生臭くて、水でどんなに手を洗っても、ぬるぬるとした粘液が取れない。僕なんかにはろくに触れない魚たちを、剣ちゃんは、上手につかんで針を外しました。滑らないようにするには、エラのところに指を突っ込んでつかむのがコツだったようです。

それでも魚は暴れます。とくにイワナのでっかいのになると三十センチくらいあって、子どもの肘から下よりずっと大きい。そいつが苦しそうに口を開けて、尾びれをびちびち振って暴れるのを、剣ちゃんはこう、何かに憑《つ》かれたような目をして握りしめたまま眺めてることがありました。獲物が力を失って、やがてだらんと動かなくなるまで、ずっとです。

僕は僕で、そんな剣ちゃんを、息を呑むようにして見つめてました。怖ろしくて気持ち悪いのに、一方では僕自身があの魚に成り代わり、彼に喉首をつかまれてぶら下げられたまま事切れてしまいたいような……実際、そんな夢を見たりもしました。

もう、この際なので告白しますが、あの頃は夜、布団の中でそれらの場面を想像して下着を汚したりもしましたよ。僕にとっての、性の目覚めです。そういう翌日は、剣ちゃんの顔がまともに見られませんでした。神とも崇《あが》める相手を、自瀆《じとく》の材料に使ってしまった——考え得る限り最も罰当たりなことで、だからこそ異様な興奮を覚えました。

彼に屠《ほふ》られたい。彼に捧げられる供物《くもつ》になりたい。

たぶん、剣ちゃんは気づいていました。だからこそ、十年ぶりに公園で再会した直後から、何の遠慮もなく僕を支配したんだろうと思います。

……あのう、大丈夫ですか。気持ち悪くないですか、こんな話。

すみません。聞きたくないって思われるようなら、すぐにやめますから。

ただ、彼について何か差し障《さわ》りのないことを話そうとすると、どういうわけか、何ひとつ話せなくなるのです。どんな細かい出来事も、他愛ない会話も、すべてが彼の死へとつながる伏線のようで、どれ一つとして飛ばしてお話しすることができないのです。言い訳みたいですけど、僕が露悪的な話をわざとあなたに聞かせて、反応を見て愉《たの》しんでるとか、そんなふうにだけは思わないで頂けたらと……。

そうですか。

よかった。

それでも、今日初めて顔を合わせたあなたに、どうしてこんな恥ずかしいことまで打ち明けるのか、怪訝《けげん》に思ってはいらっしゃるでしょうね。気を悪くなさったら申し訳ないのですが、あえて正直に言わせて頂くなら、あなたの、その容姿のせい……というか、おかげだと思います。姿ばかりではなくて、空気感というのかな。

これも僕の勝手な思い込みかもしれませんが、あなたはおそらく、その容姿のために、ほとんどの人が経験しないで済むような類いの苦労をされてきたんじゃないでしょうか。いままで他人からの心ない視線に、黙って耐えて来られたんじゃないかと思うんです。こんなに綺麗なひとなのに……でもそれが唯一無二の個性的な美しさだからこそなおのこと、時には異端扱いされてしまうんでしょう。

異端、と、さっきも僕、言いましたよね。先程、あなたと初めて会った時に僕は、この人だったら僕の話を深く理解してくれるんじゃないかという気がしたんです。実際がどうであったとしても、そう感じられるということが、僕には重要でした。

僕は……僕も、自分を異端者であると感じています。人と違っているのがいけないと思っているわけではなくて、ただ数の上での事実として。

生来の素質がなかったと言うつもりはありませんが、後天的なものもかなり大きく作用しているかな、とは思います。

剣ちゃんが東京へ引っ越していってからの日々は、僕にとっては文字通りの地獄でした。自分だけの光り輝く神を失ったから、だけじゃありません。そのあとに、僕と、悪魔だけが残されたからです。

ええ。釜石和夫がそれでした。十歳から、やがて中学に上がって高校を出るまでの足かけ八年あまり、僕は……和夫の、〈女〉でした。

いや、そういう言い方は女性に失礼だな。そんな上等なものじゃないし。すみません、言い直します。

僕は、奴の、最初のうちはおもちゃであり、後には便所でした。和夫は僕を、自分のシモの処理のために使っていたんです。

そのことを知っていたのは、奴の中学からの子分だったほんの数人だけです。かつて和夫が剣ちゃんに半殺しの目に遭わされた事実を知らない彼らは、暴れ出したら手のつけられない和夫の粗暴さを、いわば素直に崇拝して付き従っていました。

笑える話ですが、和夫は、女に関してはずっと童貞だったんですよ。太っていて醜男《ぶおとこ》なのがものすごいコンプレックスだったみたいで、力尽くで自分のものにするどころか、女子の前ではろくに顔を上げることもできなくて、苦しまぎれに硬派を気取ってたんです。

だから僕みたいなのが必要だった。山奥ですからね。学校ではまるで関わりのないふりをしていても、放課後になると、人の住まなくなった廃屋、使われてない炭焼き小屋、人目につかないところはいくらだってある。やりたい放題でした。

そんなふうにされても、僕には抵抗の術《すべ》がなかった。

やつはよく、僕を脅すために耳もとで囁きました。

「指を折られでえのが？　その指を全部へし折られだぐながったら、おどなしぐしてろ」

吐きかけられる息が腐った魚のように臭くて、僕はそのたびに顔を背け、声を押し殺しました。

ばかでしょう？　いえ、和夫がじゃなくて、僕がです。なんでそこまでして、指なんか守ったのか。

本気で撥《は》ねつけようと思えば可能だったかもしれません。いくら乱暴なことを言ったって、和夫には本当に指を折るつもりはなかったろうと思います。暴力行為が表沙汰になれば僕の父親が黙っちゃいなかったでしょうし、奴は何しろ小心者でしたから。でもあの時は、万に一つの確率であっても危ない橋を渡る勇気はなかった。僕にとっては、ピアノを巧く弾けるこの指だけが、いつか町を出るための大事な切符みたいなものだったんです。絶対に、なくしてしまうわけにはいかなかった。

決死の思いで希望の音大に受かり、両親をうまくその気にさせて快適な東京暮らしを始めた後も――折に触れてフラッシュバックのように悪夢は蘇ってきました。現実の和夫がそばにいた頃は、危険のある放課後だけ怯《おび》えていればよかったのに、遠く離れてからのほうが夢に出て来る頻度が増して、そうなるともう逃げられないんですよ。全身に脂汗をかいて飛び起きたりする。

入学してしばらくすると、同じピアノ科の女の子たちと仲良くなったりもしましたし、中には好意を持ってくれる子もいましたけど、付き合う気持ちにはなれませんでした。無理やりだったとはいえあんな行為を受け容《い》れ続けてきた僕が、ふつうに女の子を抱けるとは思えなかったし、試してみる気も起きなかった。とにかくもうこれ以上誰も僕に触らないでほしい、静かにほうっておいてほしいというのだけが願いでした。

そこへ、再び剣ちゃんが現れたわけです。

　現れたばかりじゃありません。まるで当たり前のように僕の部屋で寝起きしてる。眠くて布団を敷くのが面倒な時なんか、勝手に僕のベッドを使ったり、夏の暑い日には全裸に近い格好で寝ていたりする。

僕が怒ると、剣ちゃんは笑うんです。こっちが怒れば怒るほど妙に機嫌が良くなって、じゃれるみたいにして僕を組み伏せては、「なんだよお前、男同士で裸もくそもないだろ」とか言って、抵抗するのにわざと唇を尖《とが》らせてキスしようとしてきたりする。

ええ、あくまでもおふざけです。そのことに、僕はかえって傷ついたけど。

一度……あれはいつだったんだろう、たしか冬だったと思います。剣ちゃんはすでに二枚目のアルバムを出して大学は留年してたから、僕が三年次の暮れか、それとも正月過ぎだったのかな。

とにかく、外で飲んで遅くに帰ってきた彼は、僕が温めておいた部屋に入ってくると革ジャンや服をどんどん脱ぎ捨てて裸になって、僕の寝てるベッドの上から倒れ込んできたんです。痛い！　重い！　と文句を言ったら、なおさらふざけて布団の上からぐいぐいのしかかられて……。

息は酒臭いけど、その夜は女を抱いていないのがわかりました。なぜなら彼の身体から、純粋に彼の皮膚《ひふ》のにおいだけがしたから。僕はそれを、泣きそうな気持ちで吸いこんで味わっていました。

と、剣ちゃんがいきなり、僕の布団をはがすと背中から抱きすくめてきたんです。

「春。おい、はーる、こら暴れるなって」

何しろ酔っぱらいだけあって異様にテンションが高くて、嫌だと言ってるのにあちこちくすぐったり抓ったりした末に、とうとう僕の身体の中心にまで手をのばしてきて……。

罠《わな》にかかったウサギみたいに必死で暴れましたよ。指を折られる心配がないぶん、和夫に組み伏せられた時より本気で抵抗したかもしれない。こういう状況で僕が興奮してるのを剣ちゃんに覚《さと》られるわけにはいかない、そんなことになったら死ぬ、本気で死んでやる、そう思いました。

力の差は歴然としています。でも、僕の抵抗のただならなさを感じ取ってか、剣ちゃんのほうも全力でということはなくて、そのうち、あきれたのか疲れたのか、仕方なさそうに解放してくれました。

長い間、僕は口もきけませんでした。剣ちゃんがそれきり呑気《のんき》にいびきをかいて寝入ってしまってからも、男二人には狭過ぎるベッドで、壁のほうを向いて息を殺していました。身体の震えが止まりませんでしたけど、それさえも、ほんとうには嫌悪とか拒絶の震えじゃなくて……。

その、しばらく後のことです。

剣ちゃんがめずらしく、故郷のことを話題にしたのは。

後から考えてみても、僕が付き添って帰郷する理由なんかどこにもなかったんですよ。剣ちゃんは、帰りたければいつだって自由にあの町を訪れればよかったんだから。別れた父親はとっくに亡くなってましたし、親しい親戚も知り合いも特にいない。東京みたいな都会でこそ若い者を中心に人気はありましたけど、テレビにばんばん映るわけじゃないし、あの〈クズケン〉がじつは剣ちゃんだと知る人間なんて故郷にはほとんどいなかったと思います。

でも、剣ちゃんはどうしても僕を誘って帰ろうとしました。蘇民祭に一緒に出るためでした。馬鹿みたいな話ですけど、僕にのしかかって裸でふざけている最中にふと、あの祭りのことを思い出したんだって言うんです。

「いや、前々から考えてはいたのよ。だってさ、『邪正』なんて題した曲を歌っていながら、自分はいっぺんもあの祭りに参加したことがないって、どうよ。かっこ悪すぎると思わねえか」

これまではインタビューなんかで誰かに訊かれても、あの町にいた当時の自分は子どもだったから参加できなかったんだって正直に答えてきたそうですけど、「調べてみたら、観光客でさえ当日届けさえ出しゃ飛び入り参加できるそうじゃねえか」と。「春、お前もだぞ。男としてあの土地に生を享《う》けたからには、一生にいっぺんくらい参加しなけりゃ嘘ってもんだろう」

そんなことを言いながらも、目の奥はどこかこう、笑ってるんです。本気だけれど、本気じゃない。うまく言えませんけど、剣ちゃんにはそういう、余裕というか遊びというのか、何ごとであれ完全に真剣になるのを避けるようなところがありました。

でもたしかに、子どもの頃の僕らには、蘇民祭に参加する男たちへの特殊な憧れがあったんですよね。極寒の中、瑠璃壺川に飛びこんで水垢離をして、ジャッソー、ジョヤサ、背中から湯気を立てながら石段を駆け上がってはまた川に入る。あんな荒行は自分には無理なんじゃないかと思いつつ、慄《おのの》きを伴うような興味がありました。水責めの後には火責めに煙責め、最後には蘇民袋の争奪戦。とにかく荒っぽい祭りです。大人の男にしか踏みこむことを許されない、裸と裸のぶつかり合う世界です。

早くにあの町を離れた剣ちゃんにとっては、かえってこう、思い出が凍結されたみたいな、独特の郷愁があったのかもしれません。

理解できないわけではなかったものの、いまひとつ気が進まない僕は、それでも強引に押し切られる形で、二月に一緒に里帰りする羽目になったのでした。彼はとりあえず大学に籍だけ置いてるような有様でしたし、僕のほうはちょうど試験が終わって休みに入ったところでした。

蘇民祭というのは、岩手では黒石寺だけじゃなく、あちこちで行われている祭りです。いにしえに〈将来《しょうらい》〉という兄弟がいて、ある旅人が宿を貸してほしいと立ち寄った時に、裕福な弟の〈巨旦《こたん》将来〉のほうはそれを断り、貧しい兄の〈蘇民将来〉は粟《あわ》の飯でもてなして泊めてやった。すると後に、旅人は再び兄のところへ立ち寄り、「かつての報いをしよう」と言って、旅人の言いつけどおりに茅《ち》の輪を腰につけていた蘇民将来と彼の妻と娘以外はすべてを滅ぼしてしまった。旅人はつまり、神様だったんです。そうして後の世でも、茅の輪をつけて「我は蘇民将来の子孫である」と唱えればその者は災厄から守られるだろうと、そう固く約束をして下さった。

神様の名前は須佐之男命《すさのおのみこと》とも薬師如来とも言われてますけど、そこは神仏習合みたいですね。ともあれ、そこから蘇民信仰が始まったわけです。

あの祭りに参加する者には決まり事があって、一週間前から精進潔斎《しょうじんけっさい》に努めなければなりません。肉や魚はもちろん、卵に乳製品、ニラやニンニクやネギといった臭いのきつい食べものは口にしてはいけないことになっていて、女性もまた穢《けが》れの対象になります。完璧を期する人は、お風呂さえも女性が入った後のお湯には入りませんしね。

女性に関してはともかくとしても、食事のほうは今の時代、決まりを守るのが至難の業なんですよ。コンビニに並んでるような食べものはほぼアウトです。フライドポテトは良くても、同じ油で肉や魚を揚げてる場合がほとんどだし、麵類はつなぎに卵が使われている場合があって、調味料の多くにはチキンやポークのエキスとか鰹だしが含まれてる。よっぽど気をつけて自炊でもしない限り、無理です。

最初のうちは商品に貼ってある成分表のシールとにらめっこだったんですけど、案の定、剣ちゃんが早々に言いだしました。

「なあ春、無理はやめにしようや」

地元の生まれとはいえ、今回はまあ飛び入り参加に毛が生えた程度のつもりで、祭りの三日ほど前からできるだけ肉や魚を断つ。それくらいのところで勘弁してもらうことにしました。それだけでも腹が減って辛かったですよ。

剣ちゃんにとっては十年ぶり、いや十一年ぶりの帰郷だったかな。僕自身も、音大に入ってから初めての帰省でした。

親は正月休みぐらい帰ってこいってうるさく言ってましたけど、どうしても帰りたくなくて……。帰れば、いやな奴と顔を合わせることにもなりますから。

その点では、いわば用心棒を連れて帰ったみたいなものかもしれません。いや、あくまで精神的な、っていう意味ですけどね。いくらあの釜石和夫でも、成人した男を力でどうこうしようと考えるほどの馬鹿じゃなかろうし、僕だって、今ならそれこそ死にものぐるいで抵抗します。たとえ指を折られてピアノを諦めることになったとしても、今だったら自分の意思で、この町へは帰らないという選択ができる。もう、東京の暮らしを知ってますから。

和夫のことがなくても、ああいう荒っぽい祭りのただなかへ飛び込んでいけばどんな怪我をするかもわかりません。でも、むしろそうなったら踏ん切りが付けられるような気もしました。

どういうことかって――つまり、音大にはですね、僕なんかが百万年も努力したって追いつけないような才能の持ち主がうじゃうじゃいるんですよ。そういう連中が、互いにしのぎを削ってるわけです。僕は、いざ入ってみて初めて、そのことがよくわかった。モーツァルトに対するサリエリの葛藤みたいに、傍《はた》からはその差がなかなか見えない、本人にしかわからない苦しみっていうのもあるでしょうけど、僕程度だと誰の目にも差が歴然としてるわけです。苦しむ余地さえないというか、いっそ清々しいほどでね。

だから、本当はもうどうだってよかったんです。とりあえず卒業さえできればどこかに職は見つかるだろう、くらいの感じで。

なのに剣ちゃんは、いざ祭りに参加する段になると、

「おい春、駄目だろ。もっと大事に守っとけよ。ピアニストの指なんだからさ」

何よりもまず僕の指のことを気にして、直前には自らテーピングまでしてくれました。

「お前はな、俺のために、また気の利いたフレーズをばんばん生み出してくれなきゃいけないんだからな。そうだ、いつかお前と組んでライヴやるのもいいよな」

どうせその場限りのノリで言ってるんだとわかっていながら、僕はやっぱり嬉しかった。ええ、ほんとうに嬉しかったんです。子どもの頃のあの約束通り、彼の〈まなぐの

届ぐどごろ〉にさえいれば、必ず守ってもらえる気がしました。

あの年は、例年に比べて寒さが厳しくて、ご丁寧にも前日の晩から雪が降り始めました。夜通し降り続けて、翌日も断続的に降って、夕方になったらきっちり止みましたけどね。

祭りの実行委員会の面々が、川から本堂へ登っていく階段やら妙見堂《みょうけんどう》までの道の雪を総出で掻《か》いてくれましたが、夜になってさらに気温が下がれば凍ってつるつるになるのが目に見えてました。

予報によれば、夜中の最低気温はマイナス八度を下回るとのことでした。

六尺褌の締め方は、剣ちゃんも僕もあらかじめ練習しておいた甲斐あって、本番で戸惑うことはありませんでした。晒布《さらし》の端を肩に軽くかけておいて、長いほうを前から股をくぐらせて後ろに回し、ねじりながら腰を一周させたら、尻の真上で交叉させて、最後に肩にかけていた布を下ろして股に通して……とまあその、大事な部分を二重に包みこむわけです。慣れるとブリーフより快適だったりしてね。機能的にうまくできてます。

どんなにびしっと巻いても、僕なんかは何というかもう、へなちょこ相撲のコントにしか見えないというか、鳥獣戯画《ちょうじゅうぎが》に出てくる痩《や》せ蛙みたいな有様でしたけど、剣ちゃんは予想通り、おそろしく良く似合いました。もともと肩幅は広いし、胸板は厚いし、男なら誰もが嫉妬するような体格なんです。そこへもってきて、浅黒く引き締まった腰や尻の筋肉に真っ白な晒布がきりりと映えてね。ぼんやり口を開けて見惚《みと》れたりしないように、目をそらしておくのに苦労するほどでした。

実際に参加するのは初めてでも、何度もくり返し観てきた祭りですから段取りはよくわかっています。

夜十時の梵鐘《ぼんしょう》が合図でした。〈裸参り〉またの名を〈夏参り〉の始まりです。

本堂脇の庫裏《くり》に集まった、総勢百名余りの六尺褌の男たちが、肌を刺す寒さを紛らわせるためにも、足踏みをしながら、

ジャッソー、ジョヤサ！
ジャッソー、ジョヤサ！

大声で荒っぽく叫び合います。まだまだ気力充分ですから、凄い迫力です。一人ひとりが片手に角灯を掲げていて、そこには蘇民将来、家内安全などといった願いが墨文字で書かれています。ええ、僕らも一つずつ持ちましたよ。中に灯る蠟燭《ろうそく》の熱が、何ともほんのり儚《はかな》くて、もどかしい感じで揺れていてね。

庫裏からは住職と実行委員を先頭にして、男たちが粛々と二列ほどの隊を組み、瑠璃壺川まで長い坂道や段を下りて行きます。角灯でいくら照らしてもあたりは暗いし、何しろ足もとが悪くて、おまけに靴じゃなく地下足袋かあるいは足袋にわらじという装備

ですから、ちょっとでも気を抜くと転びそうになる。僕の後ろには剣ちゃんがいたので心強かったですけど、ぷるぷる震える尻を見られるのがいくら恥ずかしくても、正直言ってもう、寒くて寒くてそれどころじゃありませんでした。

ジャッソー、ジョヤサ！

ジャッソー、ジョヤサ！

列の前のほうから水音とともに「うおおおお」と獣みたいな雄叫《おたけ》びが聞こえてきます。凍っている川に飛び込んで、木桶に汲み上げた水を頭からかぶるんです。

「蘇民将来、蘇民将来……」

凍えて回らない舌で唱えながら、これを三杯ぶん浴びてから岸へ這《は》い上がり、預けてあった角灯を受け取って、また階段を本堂へと登っていく。

あっという間に僕の番が回ってきて、後ろには何せずらりと人が控えているし、氷のかけらが浮いている水に思いきって飛び込むしかありません。心臓が止まるかと思うくらいの冷たさで、一瞬キーンときて、それからカッと熱くなる。なった気がするだけですけど。水かさは腰より少し下くらいで、六尺褌がたちまち水を吸い込んでずっしり重たくなるのを感じながら、前の人から木桶を受け取って水を汲み、これも思いきって頭からかぶります。なるほど、出ましたよ声が。みっともない悲鳴にならないようにと思うと、どうしても雄叫びになる。

三回、夢中で水をかぶってから、がたがた震えながら岸へ上がろうとしたら、雪で滑ってさっそく膝と脛《すね》をすりむきました。剣ちゃんに腕をつかんで支えてもらわなかったら、手をついてそれこそ指をどうかしていたかもしれません。

「大丈夫か、春。しっかりしろ」

そう言う彼もさすがに歯をガチガチ鳴らしていました。

先に立って段を上っていく男たちの背中から、もうもうと白い湯気が上がります。水分が蒸発していくんですけど、気化熱で体温を奪われてますます歯の根が合わなくなります。足指の感覚なんかとっくに麻痺してるのに、石を踏んだり木の根に蹴つまずくたび、痛みが骨に響き脳天まで衝《つ》き上げる。本堂まで上がると中は風が遮られるのでいくらかましなんですけど、ゆっくり一周したらまたそこを出て、さらに石段を上がり、その奥の妙見堂へお詣りしなくちゃなりません。段のまわりに木が一本もないので、列の後ろで参拝の順番を待つ間じゅう寒風に吹きさらされることになるんです。

この時点で、僕はすでに猛烈に後悔して、言い出しっぺの剣ちゃんを恨みまくっていました。

「大丈夫か」

とまた後ろから訊かれても返事をしなかったくらいです。

妙見堂からはさっきの階段を今度は下って、また瑠璃壺川まで降りなくちゃいけない。

足もとなんかろくに見えやしません。前を行く人の身体から滴《したた》った水で、雪道はもうスケートリンクみたいにつるつるに凍って、ちぢこまった身体はまともに動かないし、腕を開けておくと死にそうなので腕はぴったり身体に付けたままでね。とにかく、寒いなんてどころの騒ぎじゃない。大げさじゃなく、命の危険を感じるレベルです。

これをあと二巡もするのかと思ったら、ものの喩《たと》えじゃなくて気が遠くなりました。


ジャッソー、ジョヤサ！

ジャッソー、ジョヤサ！


この掛け声は祈禱《きとう》という以前に、とりあえず互いに正気を保つためのものなんだと思いました。大声を張りあげていると自分でもいくらかは気合いが入るというか、ぎりぎり倒れずにいられるんです。そうでもしないと気力が奮い起こせない。

二巡目、川に入ったものの、よろよろしていたらなかなかこっちに木桶がまわってこなくて、剣ちゃんがひったくるように取って僕に渡してくれました。

三巡目に川から上がった後のことは、もうほとんど記憶がありません。どうやって段を上って御堂のまわりを歩いたんだか……最後のほうは足がきかなくなって、横から抱きかかえるみたいに支えてもらってた気がします。

「春！　……おい、友春！」

めずらしくちゃんと名前を呼ばれてようやく我に返ると、尻の下に藁《わら》の束《たば》がありました。乾いている、それだけで温かく感じるし、炭火が赤黒く燃えていて、天井とまわりは葦簀《よしず》とシートで覆われています。

精進小屋と呼ばれる休憩所でした。中は広くて、人は三々五々集まりつつありましたけど、奥の隅っこのほうにいる僕らのまわりは静かでした。

いちばんの苦行だと言われる裸参りは終わったんだ……とにもかくにもやりおおせたんだ……そう思うと、独りでやり遂げたわけでもないくせに、ものすごい達成感がありました。これまでの半生で最も辛い経験だったとは言いませんけど、まあ、最大瞬間風速的な辛さではかなりの上位だったと思います。

「ほら、早くその褌を取って着替えな。濡れたまんまだと身体が冷えてくばっかりだぞ。あ、馬鹿だなお前、髪までバリバリに凍ってるじゃねえかよ」

剣ちゃんは、置いてあった僕らの荷物の中からタオルを出して、がちがち歯を鳴らしている僕の身体を拭《ふ》こうとしましたけど、そう言う彼だっておかしいくらい震えています。精進小屋の中でも、吐く息が白いくらいには寒いんです。

「馬鹿はそっち。剣ちゃんこそ早く着替えなよ」

この後も祭りはまだまだ続きますけど、せめて褌を乾いたものに替えないことには身体がもちません。剣ちゃんは頷いて立ちあがると、濡れて固く締まりきった晒布を、かじかんだ手で苦労しながらほどいて、素っ裸になりました。

オレンジ色の明かりがぽつんぽつんとぶら下がってるだけの精進小屋の中で、その瞬間、剣ちゃんの肉体が問答無用ですべてを支配した気がしました。すごく陳腐《ちんぷ》な喩えですけど、ギリシャ・ローマ神話に出てくる太陽神アポロンみたいでした。

「いま、何時ごろかな」

そう訊く声が震えていても、今ならごまかさなくて済みます。

「十一時過ぎ」

言われて、嘘だろうと思いました。最初に庫裏を出発してから一時間しかたってないなんて信じられなかった。

「このあと、柴燈木登《ひたきのぼ》りが十一時半からだけど、始まってから全部が井桁《いげた》に組み上がるのにも一時間くらいはかかるだろ。春、お前、どうする？　それ待って、登る気ある？」

とりあえずジャージに着替えた剣ちゃんが、僕が同じように苦労して濡れた褌をほどくのを面白そうに見物しながら言いました。

柴燈木登りというのは、祭りの中で二番目に行われる儀式です。境内の山の中から伐《き》りだしてきた松の生木を人の背丈ほどに切って二つ割りにして、それを三メートル以上の高さにまで井桁に組み上げ、下から火をつけるんです。

みんな、やはり褌一丁のまま代わるがわるそのてっぺんによじ登っては、山内節《やまうちぶし》を歌いながら、火の粉と煙をもうもうと浴びて全身を清める。その後で今度は、燃えている柴燈木を引き抜いて、「ユー、ユー、ユー」って掛け声とともに本堂までの石段を火で祓《はら》い清めて行くんですけど、本堂前には祭りにおける親方役が待ちかまえていて、彼に認められた者だけが中へ入ることができるわけです。

「……剣ちゃんは？」

僕は訊きました。正直、僕自身にはもうとうていそんな気力はありませんでしたけど、彼が柴燈木の上に登ると言うのなら、せめてそれを見たいと思ったから。

「俺は、やめとくわ」

彼は意外なことを言いました。理由を訊くと苦笑いして、

「生木の煙は凄まじいからな。あれ吸いこむと、てきめんに喉と肺をやられるだろ」

ああそうか、こんなにちゃらんぽらんに見える剣ちゃんにも〈歌手・クズケン〉としてのプロ意識はあるんだなと思ったら何だか妙におかしくて、僕は震えながらも笑ってしまいました。

蘇民祭そのものは、〈裸参り〉に続く〈柴燈木登り〉のあと、午前二時から住職と蘇民袋が法螺貝《ほらがい》や太鼓の音とともに薬師堂へ登る〈別当登り〉、午前四時には数え年七歳の男の子が鬼の面を逆さに背負って大人におぶわれて本堂に入る〈鬼子登《おにごのぼ》り〉とどんどん続いていって、最後は午前五時、クライマックスとも言える〈蘇民袋争奪戦〉で終わります。争奪戦は、御利益のある木札の詰まった麻袋を親方が切り裂いて中身をみんなにばらまいたあと、その空き袋を、夜が明けるまで二時間もかけて褌姿の全員で奪い合うという、それはもう、泥だらけどころか、血まみれの怪我人も出るほどのメインイベ

ントなわけですけど……。

こう聞くと、日本三大奇祭と呼ばれるのも無理はないでしょう?

正直なところ、僕らは二人とも、もういいな、という気分になってました。根性がないといえばそれまでなんですけど、それだけじゃなくて、何て言うのか……この土地を離れてしまったのは、身体だけじゃないんだな、という感じでしょうか。この上、身の危険を冒してまでのめり込むことはできない、というのと、腹の底から本気でこの祭りに向かっている人たちの中に覚悟もなく混ざるのは申し訳ない、というのがちょうど半々でした。

乾いた下着に穿き替えて服を着て、やっとのことで上からダウンジャケットまで着込んでも、震えは止まりません。世話役の人がわざわざ僕らのところへ湯気の立つひっつみ汁と熱燗《あつかん》を運んできてくれたんですが、それをたいらげてもまだ寒い。

膝を抱えてうずくまって……けっこう長い間そうしていたんじゃないかと思います。小暗い炭火に指先をかざしていると、だんだん眠気が忍び寄ってきました。

外からは、いよいよ柴燈木登りが始まったんでしょう、ぱちぱち、しゅうしゅう、生木に燃え移っていく火の音と煙の臭い、ジャッソー、ジョヤサ、の声がまた高まって、山内節も聞こえてきます。

はあー揃《そろ》た揃たよ　皆さま揃た

秋の出穂《でほ》より　なお良く揃た
ジャッソー、ジョヤサ！
ジャッソー、ジョヤサ！

がくん、と首が落ちて慌てて座り直したら、隣にくっついて座っていた剣ちゃんがふいに、僕の肩に腕をまわして抱きかかえました。

思わず身体を固くしたら、

「なあ、春」

鼻から息が漏れるみたいに優しく笑って言うんです。

「ごめんな、俺のわがままに付き合わせて。……ありがとな」

その時、なぜだかわかりません、ふっと感じたんです。もしかして――もしかして剣ちゃんも、僕と同じ気持ちでいるんじゃないか、って。

いつもだったらそんなだいそれたこと、考えるわけがありません。妄想ですら、いや夢ですらあり得ない。だけどその時だけは、不思議と確信に似たものがあったんです。いざ言葉にして彼に確かめようとしたが最後、溶けて消えてしまうし嘘になってしまう、それでも、今この瞬間だけは真実だとわかる。僕にはわかる。

凍《こご》えた身体の芯がじんわり温もるような嬉しさに危うく泣きそうになって、それをこらえる肩の震えが伝わったのか、剣ちゃんの手に強い力がこもりました。ダウンジャケットを通して、彼の指一本一本の圧が伝わってくる。つかまれているのは喉元じゃないのに、息が詰まりそうで、僕は、釣り上げられたあのイワナを思い出していました。

「……春」

その声で呼ばれると、身体じゅうの細胞が一斉にさんざめいて、それこそ春の小川みたいにきらめくんです。

それなのに僕は、その一方でやっぱり、剣ちゃんにさっきみたいな優しいことを言ってほしくはなかった。

だって、そうでしょう。せいぜい教祖さま程度の存在だったらまだしも、〈神〉ですよ。〈神〉自らが信徒に謝ったり礼を言ったりなんて、あってはならないことじゃないですか。絶対に。

僕は、剣ちゃんの手を振り払うように立ちあがりました。

驚いた顔で見上げている彼に、

「ションベンしてぐる」

わざと訛《なま》りを強調して言い残し、藁束《わらたば》を踏んで、精進小屋の出入口へ向かいました。どうしていいかわからなかった。僕も彼も、少し頭を冷やすべきだと思ったんです。

でもその時、入口からなだれこんできた三人の男たちに行く手を阻《はば》まれました。褌姿で、身体は煤《すす》と泥に汚れて真っ黒で、火傷《やけど》と煙のせいで顔じゅう涙と鼻水にまみれてて——その先頭の一人がこっちへ顔を振り向けた瞬間、僕は凍り付きました。

釜石和夫でした。三年ぶりでしたけどすぐわかりましたし、それは向こうも同じでした。後ろの二人は全部を知っているあの子分たちでした。

「ああ？　なんだ友春。おめえ、帰ってぎでだのが？」

すでにかなり酔いがまわっているように見受けられました。柴燈木が組み上がるのを待つ間にだいぶ飲んだのでしょう。

「帰ってぎでだなら、なんで挨拶さ来ねぁんだ？　俺もずいぶん嫌われだもんだな。気さ入らねぁ」

背後から、剣ちゃんの視線をびりびり感じます。とにかくこんな奴は無視してさっさと外へ出なくてはと、そばをすり抜けようとしたところで肘を鷲づかみにされました。振り払おうとしても和夫の力は強くて、びくともしません。そこへさらに残りの二人が加わって揉み合いみたいなことになった時、

「やめな」

間に割って入ってくれたその声に、僕は子どもの頃のあの時と同じ圧倒的な安堵と、同時に、絶望を感じました。

剣ちゃんにだけは、和夫とのことを知られたくない。

「誰だお前」

と裸の肩をそびやかした和夫が、ぎょっとして、みるみる蒼白になっていくのがわかります。ああいう時、人間は本当に顔色を失うんですね。

「和夫よ。お前って奴は、まったくと言っていいほど進歩がねえのな」

落ち着き払って言った剣ちゃんに、

「なんだとぉ。おめえ、ちょっと有名になったがらって威張りぐさりやがって」

和夫がそれを知っているのが意外でした。

そこへ、世話役の人が見るに見かねて窘《たしな》めに来て、和夫たちと剣ちゃんと僕とは五人とも精進小屋の外へと出されてしまいました。

右手には長屋のようにずらりとビニールシートのテントが並んでいます。町内の色々な団体が自分のところの精進小屋を作っていて、疲れた仲間が休めるように心を砕いているわけです。それぞれの小屋の目の前はまっすぐにそびえる杉木立で、その下は、急な下り斜面でした。

ああ、僕らは遠い昔にもこの場所で、今と似たような面子《メンツ》で揉めていたんだなと思ったら、十年余りが徒労だったような気がしてきました。

疲れていたんだと思います。すごく。痺れた頭にあるのは眠気と寒さのことだけで、何もかもが遠いような、薄い膜の向こう側で起こっているみたいな感じのまま、僕は、剣ちゃんと和夫たち三人が妙見堂のほうへ行くあとを、雪を踏みしめてついていきました。

たとえば蘇民袋争奪戦で、狭い御堂の壁に押しつけられて圧死させられそうになったり、何十人もがかたまって土手から転げ落ちる時にその下敷きになったりといったことは普通に起きるのに、黒石寺の蘇民祭で人死にが出たという話は、どういうわけかまだ聞きません。それもまた、五穀豊穣《ごこくほうじょう》や家内安全などと並んで、夜を徹しての祈禱による御利益のひとつなのかもしれません。いにしえの神様は、蘇民将来の子孫には災厄をもたらさないと約束して下さったわけですし。

でも、だとしたら——祭りを途中で離脱してしまった僕らはやはり、信心が足りなかったということなんでしょうか。それで罰せられたんでしょうか。

岩手から東京へ帰る道々、剣ちゃんは、頭が痛い、めまいがすると言ってしきりに顔をしかめていました。あのくだらない喧嘩の最中に、凍った地面で足を滑らせて倒れ、暗がりに積み上げてあった古い石柱に、左の側頭部をしたたかに打ちつけたんです。

喧嘩自体は、剣ちゃんが起き上がりざまに和夫を殴り飛ばしたところであっけなく勝負がついたわけですが、僕がそのへんの雪をかき集めてこめかみを冷やしてやっても、剣ちゃんはしばらく、左の目をまともに開けられませんでした。

でもね、そのとき彼、言ったんですよ。「大丈夫だから」って。「ちょっとした脳震盪《のうしんとう》だから心配すんな」って。

そんな言葉を信用せずに、すぐ病院へ連れて行けばよかったんだ。

東京の僕の部屋に戻ってから二日目の朝——剣ちゃんは、布団の中で冷たくなっていました。起こしても起こしても目を開けないと思ったら、もう死んでいたんです。

急性硬膜下血腫《こうまくかけっしゅ》、というそうです。たいていは頭を打ってすぐに意識障害が表れるそうですが、剣ちゃんの場合、頭蓋骨《ずがいこつ》の内側にじわじわと溜まっていった血のかたまりが脳を圧迫して、命を奪ったのでした。

おおもとのトラブルをもたらしたのは和夫でしたけど、彼が直接殴ってそうなったわけではないので、罪には問えません。そういう意味では、誰のことも恨めない。あの世で、剣ちゃんも苦笑いしてるんじゃないかな。春、お前のおかげでえらく損なくじを引かされたぞ、って。

そう――彼が亡くなったのは、この部屋です。いまだに僕はここから動けない。動くつもりも、ないんですけどね。

だってそれが、剣ちゃんとの……僕の〈神〉との、約束でしたから。

〈――俺のまなぐの届ぐどごろにいろ〉

＊

及川友春のマンションをわたしが辞した時、午後の陽はもうかなり低いところにあった。どろんとした赤色の夕陽は熱を失い、寒々しい商店街に落ちる影をことごとく細長く引き延ばしていた。

来る時に駅から案内されて歩いた道を今は一人で逆にたどりながら、わたしは、引き潮にさらわれていくような心地がしていた。

もとの場所へ戻りたければ、来た道を引き返せばいい。けれどいかんせん、人の記憶はあやふやなものだ。歩いたはずの道を忘れてしまうことはいくらもある。もしかすると、これまでの人生の道筋で、自分でも気づかないうちに大事な記憶がすっかり失われているといったことだって……。

足もとの覚束《おぼつか》なさに立ち止まり、わたしは何度か息を吸い込んでは吐くことをくり返した。

外が寒い季節でまだよかった。これがもし真夏だったりしたら、ついさっきまで脳裏に思い描いていた雪中の祭りとの差異に混乱し、頭と身体が二つに引き裂かれて、自律神経に変調を来《きた》していた気がする。

いや、今こうして浅い息を吐いているのも症状の一端かもしれない。耳から聞かされた話と現実との区別がつかなくなるどころか、友春の語った〈クズケン〉、いや葛巻剣児の短い生涯のほうが、現実を凌駕《りょうが》するほどの鮮やかさでもってわたしを支配しようとしているのだ。

何とか呼吸を整えながらもう少し歩くと、商店街の途切れたところに小さな公園があった。来る時は気づかなかったけれど——見たのに忘れたわけではないと思う——まるでディック・ブルーナの絵本のようにカラフルな滑り台とブランコのある児童公園だった。それらとは不釣り合いな色あせた木製ベンチが、黒々と茂った木の陰に置かれている。

両耳は痛むほど冷たかったが、入っていって、コートが汚れるのも気にせずベンチに腰を下ろした。ワイドパンツの裾から吹き込む風が脛やふくらはぎを冷やし、わたしは今朝、誰にともなく見栄を張ってタイツを穿かずに来たことを後悔した。

今日の取材をもとにいったいどんな記事を書けばいいのか、見当がつかない。

〈こうしてお答えしたからには今さら、あれが駄目とか、これはちょっととか言うつもりはありません。あなたを信頼してお任せしますから〉

友春はそう言ってくれたけれど、だからといって、聞いた話を何から何までそのまま書くわけにはいかない。プライバシー云々《うんぬん》以前に、そこにはあまりにも生々し過ぎる人間の感情が横たわっている。

この世でいちばん重たい荷物は〈秘密〉である、というのが、以前からのわたしの持論だった。今日、ひとつ増えた。この世でいちばん重たいプレッシャーは〈信頼〉だ。

ベンチの背もたれに身体を預け、暮れかけた空を見上げてようやく、深いため息が漏れる。うまいことを言った気になって、悦に入っている場合ではない。

そう——記憶、ということで言うなら、及川友春の記憶は、おそろしく鮮明だった。きっと、何度も何度も反芻《はんすう》したからだろう。剣児を永遠に喪ったあとで彼にできることといったら、過去を思い返し、その思い出と後悔を、決して薄れることのないように記憶に焼き付ける、ただそれだけだったはずだ。

ああして話を聞く限り、彼らはどちらも、間違いなく相手の気持ちを知っていただろう。そしてどちらも、もう少しのうちにはそれに応えるつもりだったろう。あとはただ、ボタンをかけるタイミングの問題だけだったのだ。たったそれだけのことが、何度かにわたってほんのちょっとずつずれてしまったために、ボタンはとうとう穴をくぐることのないまま、糸が切れ、落ちた……。

これまで何ごとにも真剣にはならなかったはずの剣児が、一度だけ見せた本気を思う。友春が今もって彼に忠誠を誓い続けているのは、その〈神〉が最期まで約束を果たしてくれたからだ。

夕陽がさらに沈み、冬空がオレンジとラヴェンダーのツートンに色分けされる。その空に、まるで針の先で穴を開けたみたいに星がぴかりと光っているのを眺めながら、わたしはバッグをまさぐり、携帯を取り出した。

浮かび上がるトーク画面は、今朝、先方から送られてきたメッセージを最後に途切れている。

迷ったものの、指を縦横に走らせて文字を打ち込んだ。

お言葉に甘えて、お邪魔します。

図らずも、今日の昼すぎ、友春に対して答えたのと同じ文言になった。

立ちあがり、コートの裾を払う。公園を出て、すでに松飾りがほとんど取り払われた商店街をまた歩き出しながら、たしか駅前にあのひとの好きそうな和菓子屋があった、と思い出す。

大丈夫。わたしはまだ、大切な記憶も、約束も、なくしていない。

分かつまで

何の変哲もない、日本中どこにでもある商店街や住宅街だ。ふだんなら車が行き交うその通りを、今、重厚な甲冑《かっちゅう》に身を包んだ騎馬武者たちの列が粛々と進んでゆく。

沢田《さわだ》秋実《あきみ》は、息をつめてファインダーを覗き込んだ。

あらかじめ教わった中でも、ここならと選んで決めた場所に、ほとんど夜明けと同時に三脚を立てて陣取っていたのだ。最高のショットをカメラに収めなくては、編集長にどやされるより何より自分が報われない。

沿道には全国各地や海外からも観光客がつめかけ、次々に目の前を通り過ぎる騎馬武者の列にカメラを向けている。アスファルトの上を進む馬たちの蹄《ひづめ》の音が、幾重にも折り重なって響き合う。

福島県相馬市《そうまし》と南相馬市。一年に一度、七月下旬の三日間だけ、この一帯は戦国時代へと姿を変える。千年以上の伝統を誇る祭りの名は、「相馬野馬追」……そうまのうまおい、と書いて、「そうまのまおい」と読む。

国の重要無形民俗文化財にも指定されているこの祭りは、もともとは相馬家の始祖・平将門《たいらのまさかど》の軍事訓練として行われた野馬懸《のまがけ》から始まったと言われている。兵を集めて裸馬を放し、それを敵兵に見立てて追い上げ、捕らえて縄をかける。訓練であると同時に、捕らえた馬を奉納する神事でもあったのだ。

千年。

想像するだけで、秋実は気が遠くなる。一年の千倍など、永遠と言い換えても大差ないのではないか。

〈お行列〉と呼ばれる騎馬武者の隊列は、道の向こうから次々にやってくる。強い陽射しに炙られ、それぞれに意匠を凝らした兜《かぶと》のひさしが、武者たちの目もとに濃い影を落とす。あたりを睥睨《へいげい》する厳しい眼差しは、まさしく戦国の侍そのものだ。

馬たちの背や尻にかけた色鮮やかな布も、房飾りのついた頭絡《とうらく》も手綱も、降り注ぐ陽光に照り映えて眩しい。さらにはどの武者も必ず、それぞれの家のしるしが染め抜かれた大きな旗を竹竿にはためかせ、まっすぐ背中にさして掲げている。

「ああ、きれいねえ」

そばにいる婦人たちが、はしゃいだ声をあげた。

「昔の日本人って、ずいぶん派手好きだったのね」

たしかに、赤、青、黒、白、黄などの地に、稲妻や軍配や杵《きね》、十字に卍《まんじ》、鶴、蝶、百足《むかで》、鯰《なまず》、馬などなど、ありとあらゆる図柄が描かれた旗指物《はたさしもの》は、それだけでゆうに人馬を合わせたほどの高さがあり、互いに競い合うかのように鮮やかだ。日本古来の紋様はどれも、無駄なく垢抜けていて美しい。

しかし、あんなものを真上でばたばたさせていて、よくもまあ馬がおとなしくしているものだと秋実は思った。風にはためいて音を立てるものほど、馬が嫌うものはない。普通ならば驚いて横っ飛びするか竿立ちになるかして、馬上の人間など振り落としている。それで言うなら大音量で鳴り渡る法螺貝《ほらがい》の音もそうだ。なまじのことでは動じないように、よほど訓練されているのだろう。

三十騎ほどの一群が通り過ぎると、少しの間をあけて、また次の行列が現れる。壮年の男もいれば、十代の女武者もいる。中には、付き添いの衆に支えていてもらわなければ馬から落ちてしまいそうな子どももいて微笑ましい。シャッターを切りながら、秋実は流れ落ちる汗を拭った。

夏の陽射しがじりじりと肌を灼《や》く。年を取ってからシミになるのは嫌だが、防ぎようがない。帽子などかぶればカメラを構える邪魔になり、日焼け止めの類いはうっかりするとレンズを汚す。麻の長袖シャツと、首にまいた薄手のタオルが精一杯の抵抗だった。格好などかまってはいられない。

と、行列のほぼ先頭を切って馬を進めていた初老の武者が馬を止め、沿道の人々に向かって口上を述べ始めた。古式に則《のっと》った言葉遣いでもあるだけに、離れたところにいる秋実にははっきりとは聞き取れないが、伝統の祭りを今年もまた執り行うところまでこぎ着けられた、その協力への感謝の言葉のようだ。

「あれは、相馬か南相馬の市長さんだよ」

すぐ後ろから、しわがれた声がした。昨日から一緒に相馬を訪れているベテランのライター、穂村隆二《ほむらりゅうじ》だ。

「甲冑姿で、馬上から挨拶だもんなあ。日本全国探しても、あんなかっこいい市長さんはなかなかいないんじゃないかね」

秋実は返事をせず、再びカメラにかがみこんだ。

今さらながらに編集長の本田《ほんだ》が恨めしい。東京から福島までの旅、それも三日間にわたって滞在するというのに、わざわざこの男と組ませるとは。

秋実も穂村もフリーランスで仕事をしているが、とくに馬関係の取材では一緒になることが多い。そもそも互いが知り合ったきっかけも、本田が編集長を務めるスポーツ誌の競馬コラムだった。穂村が文章を書き、秋実が写真を撮る。競馬新聞や乗馬雑誌はもとよりJRAの会報誌にも連載を持つ名物ライターと、自身も馬場馬術に相当の心得がある若手女性カメラマンのコンビは、読み応えと見応えの両方を満足させる記事を作ることにおいて一定の評価を得ていた。

けれど、そうであってもだ。本田編集長は、全部の事情を知っているはずではないか。

秋実が恨めしく思うのはそこだった。

一群の行列が通り過ぎていったのを機に、デジタル一眼レフから顔を離す。いきなりひらけた視界のどこにも焦点が合わず、一瞬、くらりと立ちくらみがする。

「どう、今までのとこ」

右隣にいる穂村が言った。

「もっとここで撮る？　それとも、何だったらそろそろ祭場へ移動しようか」

「もうちょっと」

短く答えると、

「はいよ、了解」

穂村はおとなしく頷いた。

こういう時、彼が秋実の意見に異を唱えたことはない。文章は後からどうにでも書けるけど、写真はその瞬間が勝負だろうから、と言って、還暦間近の自分よりふたまわりも年下の秋実に主導権をゆだねてくれるので、仕事はとてもやりやすい。中にはいるのだ、女性というだけで見下して居丈高にふるまうライターや編集者が。穂村にはそういうところがなかった。

知り合ってから、いつのまにかもう四年ほどになるだろうか。誰にも偉ぶることのない彼の態度が本物であるのはよく知っている。

それだけに、いつも思うのだ。せめてもう少しくらいは、自分の見てくれに気を遣ったらどうなのか。

白髪まじりの頭は常にぼさぼさで脂っ気がなく、たいていはごま塩の無精ひげまではやしている。今日の服装は、半袖シャツに釣り人のような茶色いベストを重ね、下は膝の抜けたよれよれのジーンズ。存在しない英単語の刺繍《ししゅう》されたキャップをかぶり、足もとはそこだけ目の覚めるような真っ白のスニーカー。ちなみに、昨日も似たようないでたちだった。明日もきっと、せいぜいシャツのチェックがストライプに変わるくらいの違いだろう。

今、穂村は、ベストのポケットから皺《しわ》の寄った紙きれを取り出し、耳に挟んであった短い鉛筆で何か書きつけている。いい文章でも浮かんだのだろうが、あれが赤鉛筆なら、勝ち馬の予想を立てる失業者そのものだ。横目で見ていた秋実のほうがうらぶれた気分になってしまう。

〈ちゃんと洗濯はしてるんだよ。男やもめも長くなると、家事全般、何でもできるようになるんだ。娘が来ない日だってパンツは毎日洗ってる〉

それが事実なのも、秋実は知っていた。着るものだけではない。ぱさぱさと乾いた穂村の肌からはいつも、清潔な匂いがする。

ふいに、あたりが陰った。見上げると、照りつけていた太陽に雲がかかっている。大きな雲だが、上空は風も強そうだ。すぐにまた晴れるだろう。

野馬追日和《のまおいびより》、という言葉を、秋実は昨日の宵乗りで〈安藤《あんどう》さん〉から教わった。

「俺らの一年間は、この三日間のためにありますもんね。祭りのためなら仕事も当たり前に休む。そもそも約束事とか納期だって野馬追基準で、それまでにはやるとか、過ぎるまで待つとかね。とにかくここでは、いっさいがっさい全部が祭りを中心に回ってますから」

だから、せっかくなら当日は野馬追日和に晴れてくれないとね、と彼は言った。

四十七歳の安藤繁之《しげゆき》さんは、先の震災で二十年連れ添った奥さんを亡くした。沿岸部の自宅は津波で全壊し、今は市内本家の兄夫婦のもとで暮らしている。

秋実たちが安藤さんを知ったのは、二年ほど前の地元のテレビ番組で取り上げられていたからだ。ネットにアップされているその数分間の映像だけでも人柄は伝わってきたし、話の内容も明快だった。

加えて、市の観光課の職員だというのも大きかった。地域の復興や祭りの継承につながるような取材なら、おそらくそれなりの便宜《べんぎ》を図ってもらえるのではと踏んだのだ。

ふたを開けてみれば、すでに、それなりどころではないほどの世話になっている。一日目、宵乗りの出陣式から、二日目の本祭りにおけるお行列、甲冑競馬、神旗《しんき》争奪戦、そして最終日の野馬懸など、どのタイミングでどこに陣取ればベストショットが撮れるかを教えてもらい、特別な撮影許可証までもらっていた。

ありがたいことだった。今さら穂村に言われるまでもなく、写真は瞬間瞬間が勝負なのだ。いったん逃せば、同じシャッターチャンスはもう二度と巡ってこない。秋実は、暑さのあまりだれかけていた気持ちを引き締め直した。

諸国大名の中でもめずらしいことなのだが、相馬氏は、鎌倉時代から江戸時代を超えて幕末まで国替えがなかった。そのため、現在でも祭りの総大将は相馬家直系の子孫が務めている。

しんがりから総大将がやってくるまでに、なんとか道路の反対側からも何ショットか押さえることができたら……。

次の行列の先頭がまだ遠いのを見て、秋実が迷っているのに気づいたのだろう。

「駄目だよ」

穂村が釘を刺してきた。

「わかってるけど……」

「安藤さんに言われただろ？　それだけは守らないと。後で問題にでもなったら、僕らだけじゃ責任取りきれない」

一、お行列の前を横切ること。

一、お行列を上から見下ろすこと。

これらは、絶対に犯すべからざる御法度行為だと言われた。祭りは、同時に神事なのだ。神様の前を横切ったり、見下ろしたりしてはならない。

そうこうするうちにも、道の向こうから騎馬の隊列がしずしずと近づいてくる。旗指物の紋様や文字がくっきりと見て取れるようになる。

秋実が、嘆息しながらあきらめた、その時だ。

「ほら、今のうちよ」

すぐ隣にかたまっていた中年の婦人たちが三人、次々に道路へと踏み出したかと思うと、女学生のようにきゃあきゃあと歓声をあげながら向かい側へ渡っていった。

「こらあ！」

誰かの制止が飛んだが遅かった。

近づく行列の二頭目にいた黒馬が驚いてたたらを踏み、先頭を追い越して走り出す。つられて駆け出そうとする自分の馬を押しとどめようと、先頭の武者が手綱を引いて後ろへ下がると同時に、後続の馬たちにも動揺が走り、みるみる列が乱れる。

「駄目だ、止めろ、止めろおぉー！」

後ろのほうの武者が叫んだ。尋常でない大声だ。

最初に走りだした黒馬が、蹄の音も激しくこちらへ向かってくる。秋実はとっさに足もとのカメラバッグを拾い上げ、肩にかけた。

黒馬はしかし、勢いづいて止まらない。馬上の武者が懸命に手綱を引くが、かえって興奮して頭を振り立て、とうとう横へそれて、どかどかと秋実たちのいる歩道に乗りこんできた。

「どけ、どけどけぇッ！」

武者の怒号に、沿道を埋めていた人々が悲鳴をあげながら逃げようとするが、あまりの混雑に動きが取れない。前へ、後ろへ、横へと、馬が暴れる。誰かに押され、秋実は三脚ごとカメラをかかえてよろけた。

馬の真後ろへ回っては蹴られても文句が言えない、誰よりよく知っているのに、はっと見れば眼前に黒光りする尻の筋肉があった。尾をまとめてきりきりと巻き上げた布の緋色が目を射る。

その瞬間、間に割って入る男がいた。穂村が、暴れる馬の尻に自分からぐいぐいと背中を押しつけ、力ずくで押し返し、痩《や》せた身体で秋実をかばうようにしながら、

「こっちだ、こっち！」

腕をつかんで引っ張り、押しやる。秋実はカメラを三脚ごと抱え込んだまま、歩道際の民家の庭へとかろうじて逃げ込んだ。後から穂村と何人かが続いて転がり込んでくる。

その時になってようやく、黒馬が歩道から下り、道路に戻った。ばたついてはいるが、どうにか抑えきったようだ。

馬上の武者は、無言だった。蒼白の険しい顔のまま馬を進め、歩み去ってゆく。

後続の列も、それぞれに表情は厳しかった。神事の遂行のため武者に怪我人が出るのは致し方ないが、一般の見物客まで巻きこむことは罷《まか》り成らない。だからこその御法度なのだ。

逃げ込んだ庭の塀際には、カンナの花が燃え盛っていた。その赤色に、先ほど眼前に迫った布の鮮やかさがよみがえる。今ごろになって冷や汗が吹き出す。暴れまわる心臓が痛い。

「はああ、やれやれ」

ふり向くと、穂村は地面にしゃがみこんでいた。そのままずとんと尻餅をつくようにして脚を投げ出す。長々と息をつく様子は、まるで草刈りでも終えて一服する好々爺《こうこうや》だ。

「びっくりしたわなあ。ったく、あのおばちゃん連中め、かなわんよなあ」

気の抜ける物言いに、

「かなわんよなあ、じゃないでしょう!」

秋実は思わず声を荒らげた。ほっとした反動もあって、腹が立ってたまらなかった。

「ヘタしたら頭蹴られて脳挫傷だよ? 骨折で済んだとしたって、穂村さんの歳なら私よりずっと治りが遅いんだよ? なんであんな無茶すんのよ」

「なんでって……」

穂村が口ごもる。よく見ると、彼もさすがに青い顔をしているのだった。

「なんでって言われたって、そりゃあさあ」

血の気の失せたその顔で、へらへらと笑ってよこす。

まっすぐに彼の目を見るのは、なんだか久しぶりだ。

秋実は、視線をそらした。

あれを、付き合っていたと言っていいのだろうか。

穂村のほうは、いまだに付き合いが続いているつもりかもしれない。別れた記憶は全然ないんだけどな、と少し前に言われた。

二人で逢うようになって三年目の今年の春に、うちへ越してこないかと誘われて、秋実は断った。どれだけ迷ったか、彼には言わなかった。

しばらくの間は仕事で一緒になることもなく、穂村のほうからの連絡がふと途絶え、こちらも何となく気まずくてメールひとつしないでいるうちに、五月の連休が過ぎていった。本田編集長を通じて、彼が入院していたことを知ったのは六月になってからだ。

「口止めされてたんだよ。入院のことも手術のことも、沢田ちゃんにだけは言わないで欲しいって。何でそこで沢田ちゃんの名前が出てくるんだって問い詰めたら……いやあ、この歳にもなりゃあ、たいがいのことにはもう驚かないと思ってたけど、さすがにあれにはひっくり返ったね。なに、最初に誘ったのはホムさんのほうから？　それとも沢田ちゃんが誘惑したの？」

悪気のない人だとわかっているので腹も立たなかった。むしろ腹立たしかったのは、二人の関係をばらした穂村だ。外堀を埋めるために既成事実を周囲に知らしめようとしているかのようで、気持ちが引いた。やっぱり男など信用ならないと思った。

病気そのものはたいしたことはなかったのだと、彼は後になって言った。嫁に行った娘からしつこく言われ、仕方なく受けた検診で、大腸の付近に出来かけの動脈瘤《りゅう》が見つかった。大ごとになる前にと血管にステントを入れて広げ、血液の流れる道を確保した。腹腔鏡《ふくくうきょう》を使っての処置だったから傷口も最小限で済んだ、そんな話だった。

「どうしてその程度のことでわざわざ口止めなんかするのよ」

と訊くと、

「だって、入院してるなんて知ったら秋実ちゃん、見舞いとか気にするでしょ」

穂村は言った。例によって、柔和とも人を食ったようなとも受け取れる表情と物言いだった。

「病室でうちの娘と鉢合わせなんかしたら、今はちょっとさ、僕だって説明に困るもん。そりゃあ、秋実ちゃんが一緒に暮らしてくれるって言うんだったら、娘にも堂々と話すよ。『お前の代わりにいつか父さんのおむつを換えてくれるひとだよ』って」

「はあ?」

「だけど、あんなにきっぱり断られちゃったらさ。僕にしても、いったい何て紹介していいか迷うじゃない」

五十七にもなって、と秋実は思った。子どもみたいにいちいち口を尖《とが》らせながら喋るんじゃない。

思いながら、自分でも意外なほど安堵していた。とりあえず今はまだ、この人が自分を棄《す》ててどこかへ消えてしまうことはないのだと思うと、うっかり泣けてきてしまいそうだった。

体質なのか癖なのか、それとも最初に覚えたものが原因なのかわからないが、じつのところ秋実の軀は、達するのにいつもひどく時間がかかる。それを待つことのできない若くて元気なだけの男と寝ても、感じはするが満ちることはない。いつの頃からかそうとわかってからは、付き合うのは自然と十以上も年上の男ばかりになった。年さえ上ならば皆が巧いわけではないけれど、年を取れば少なくとも性急さはなくなる。

中でも穂村は、群を抜いて上手だった。およそ冴えない風体の男なのに、過去にどれだけの女と深い仲になってきたものか、何度不思議に思ったかしれない。

手慣れているのに、穂村には性に飽いた感じがまるでなかった。秋実の身体のどこに愛撫を加えるにも、丁寧というよりは執拗に近い丹念さでさまざまに工夫を凝らし、自分の快楽などは後回しにして、秋実が満ちるのをどこまでも待ってくれる。徐々に、徐々に、徐々に上り詰めてゆく様子を見守るまなざしは満足そうだった。深くふかく達しきるまで待って、ようやく彼女を組み伏せのしかかる時だけは、さしもの穂村も牡の顔になるのだった。

学生時代からの女ともだちなどは皆、秋実のことをすっかり〈枯《か》れ専《せん》〉か、さもなければファザコン扱いしている。

「うっそ、今度は二回りも上？　ほとんど介護じゃないの」

「秋実んとこは小さい頃、お父さんしかいなかったもんねえ。いまだにそういうのを引きずってる部分もあるんじゃない？」

なるほど、父親との関係がのちのちの人格形成に影響を及ぼすことはままあるだろう。父の面影や完全なる庇護を、恋人にも求めてしまう女性はそうめずらしくない。それをファザコンと呼ぶのなら、まったくもって皮肉な話だけれど、自分もあるいはそうなのかもしれない、と秋実は思う。

「さてと、そろそろ動こうか」

はっと物思いから覚めると、穂村が自分の肩掛けバッグを拾って立ち上がり、ジーンズの尻についた土や草を払っているところだった。この庭の持ち主も、とっくに祭りを見に出かけているのだろう。家の中に人のいる気配はない。

お行列はまだ後ろにも続いているようだが、たしかにそろそろ移動しておかなくては、メインイベントの開始に遅れてしまう。甲冑競馬や神旗争奪戦の会場となる雲雀《ひばり》ヶ《が》原《はら》祭場地までは、この人混みとともにあと一キロほども沿道を歩いて行かなくてはならないのだ。

「相変わらず重そうな荷物だな。貸しなさいよ」

カメラバッグへ手を伸ばす穂村に、秋実はかぶりを振った。病み上がりの身に負担をかけるわけにはいかない。

「病み上がりの年寄りに無理なんかさせられないって思ってるんだろう」

びっくりして見やると、穂村は苦笑いしていた。

「ほら、せめて三脚だけでもよこしなさいって。心配せんでも、後でちゃんと返してあげるから」

頑丈だが、じつは軽量な三脚だ。秋実がしぶしぶ差し出したそれを受け取ると、穂村は、何だ、とかえってがっかりした面持ちになった。

「そういえば、あの馬、何てったたっけね。安藤さんとこの」

「アカツキ号」

「そうそう。もう先へ行っちゃったのかね」

「安藤さんの郷《ごう》は、お行列のルートが別だから」

「ああ、そうだったのか」

本家の小暗い座敷で、装束《しょうぞく》や甲冑を一つずつ身につけてゆく彼をじっくり撮らせてもらったのは昨日のことだ。人の好い市役所職員の顔が、小一時間かけて戦国武者の顔つきに変わってゆくのを、穂村とともに間近で見守った。

言うまでもなく、生半可なコスプレなどとはまったくもって次元が違う。それぞれ、先祖代々伝わる装束であり道具だ。もし新しく作ろうと思えば、背中に重厚な刺繍を施した陣羽織《じんばおり》だけで数十万円、甲冑や馬具に至っては一式数百万もする。

そうして準備を整えて集まる武者と馬、今年の総数は約五百騎にも及ぶという。震災と津波によって、かつてこのあたりで飼われていた馬たち四百頭ほどのうち半数が失われてしまった。一時は野馬追の存続そのものが危ぶまれた。

「やっと、本当にやっと、どうにかここまで持ち直したんですよ」と安藤さんは言った。「野馬追の完全復活なくして、相馬の完全復興はあり得ない。みんな、心の底からそう思ってるんです」

彼の乗るアカツキ号もそうだが、野馬追に参加する馬の多くはもと競走馬だ。美浦《みほ》の厩舎《きゅうしゃ》から出て、中央でそこその成績を残した馬もいる。身もふたもない言い方をすれば、種馬になるほどではないが肉にはもったいない馬たち、とも言えるだろうか。そんな中でもとくに度胸のある馬が選ばれ、祭りのために相馬に送られてくる。この地域では今でも、まるで庭先で大型犬を飼うかのように馬が飼われているのだ。

毎年五月の連休前後になると、朝まだきの町の道路に、かぷかぷと蹄の音が響き始める。祭りに向けた練馬《れんば》とよばれる調教を浜辺や祭場のトラックで行うため、勤め前の騎馬武者たちが馬を進めてゆくのだ。

競走馬を乗馬に調教し直すのは、若駒を一から乗馬に調教するよりもはるかに骨が折れる。自身も馬に乗る秋実は、そのことをよく知っている。

馬という生きものは、一度記憶に刻まれたことをなかなか忘れない。体重の軽い騎手を乗せてひたすら速く走ることだけをたたき込まれた馬に、重たい鎧《よろい》をつけた武者を乗せてどんな物音にも動じずゆっくり歩く冷静さと、合戦や競走ともなれば臆せず馬群の中へと突っ込んでゆく剛胆さを、同時に教えこむのは至難の業だ。

「こいつはね。発見された時、瓦礫《がれき》の間にはさまれて動けないまま、傷だらけの体の半分が泥水に浸かってたんですよ」

昨日、安藤さんは、愛馬の鼻面を撫でながらそう話してくれた。当時の惨状を思い出すと、今でも声が震えるようだった。

「人間だって、自分の命ひとつ落とさないように抱えてるだけで精一杯で……僕も、その、女房のこととか、いろいろありましたしね。同じ郷の仲間と一緒に、危険区域に残してきた馬たちの様子を見に行くことができたのは、やっと四月に入ってからでした」

おおかた潰れてしまった厩舎の瓦礫の下で、動けなくなって息絶えている馬もたくさんいた。なんとか救い出された馬たちの中でも、後にアカツキ号と名付けられるその栗毛の怪我がいちばんひどかった。

「水に浸かってた脚は奇跡的に無事でしたけど、長いこと置き去りにされていたせいか、人間への不信感がひどくてね」

その言葉は、秋実の胸に突き刺さった。一瞬、口がきけなくなったほどだ。

「助けようとしても暴れて噛みつこうとするし、安全な場所へ移した後もなかなか満足に手当をさせてもらえませんでした」

それでも毎日なだめすかして傷を洗い、飼い葉をつけ、懸命に世話をしてゆくうちに、安藤さんにだけは少しずつ心を開いて打ち解けてきたという。化膿していた尻の傷が治ってからは再び乗れるように練習を始め、翌年は、再開された祭りにも参加した。

「今年はいよいよ、甲冑競馬にも出場しますよ。こいつは、度胸が据わってる上に末脚《すえあし》が凄いんです。楽しみにしてて下さい」

手入れが行き届き、油を塗ったように輝くアカツキ号の毛並みを撫でながら、安藤さんはいい笑顔を見せた。

人の流れに逆らうこともできず、沿道を歩いてようやくたどり着いた雲雀ヶ原祭場地は、昨日のうちに下見をした時にも感じたことだが、思い描いていたよりもはるかに広かった。青々と広大な芝地の馬場のまわりにダートコースが巡らされている。しっかりと除染されたこのメイン会場を使い、甲冑競馬は一周プラス最後の直線を合わせた千メートルで行われるのだ。

秋実たち二人は、撮影許可証のおかげで、第一コーナーとなる埒《らち》の内側に陣取ることができた。コースをはさんだ反対側は小高い丘になっており、炎天下、五万とも六万ともいわれる観客が中腹を埋め尽くしている。その中央付近をのぼってゆく曲がりくねった坂道は「羊腸《ようちょう》の坂」と呼ばれ、甲冑競馬に勝った者や、御神旗を奪い取った者が、総大将と神前に武勲を報告するために駆け上がるいわばビクトリーロードだ。

続々と集結してきた鎧の武者たちは今や、お行列の時にかぶっていた兜を脱ぎ、白鉢《はち》巻《まき》だけを締めている。競馬の騎手がかぶるようなヘルメットもなく、衝撃吸収材の入った防具さえつけずに全速力で馬を競わせるとなると、

「当然、ひどい怪我人も出たりするんだろうなあ」

本部席のそばに設けられた救護所のテントや待機している救急車を見やって、穂村が言った。

疲れた声とその後に続いた長々しい溜め息に、秋実は思わず隣を見やった。

「ああ、いやいや、そんな顔しなくて大丈夫だから」

無理に笑う顔も、あまり色が良くない。

「ホムさんこそ、ぜんぜん大丈夫って顔じゃないよ。具合悪いんじゃないの？」

「そんなに心配かね。単に、歩いたら腹が減っただけだよ。秋実ちゃんが焼きそば食わしてくれないから」

頭にきて、途中の屋台で昼食用に買ったパックを二つとも押しつけてやった。

そうこうするうちに、いよいよ甲冑競馬が始まったようだ。とはいえ、現代の競馬のようにゲートから一斉にスタートするわけではない。一旦すべての馬を後ろ向きにして尻を向けさせた上で、旗と法螺貝を合図に、馬首を返してのスタートとなる。

背中に高々と掲げる旗指物が、たちまち風を切ってばさばさと音を立てる。馬たちの蹄の轟きよりも大きいほどだ。

ひとかたまりになって直線から第一コーナーへと向かってくる馬群と武者たちへ、秋実は夢中でシャッターを切った。ファインダーを横切る色とりどりの旗が、裸眼の視界の端をかすめて次々に後ろへ飛び去ってゆく。競馬とは呼んでいるものの、これまで知っていたそれとは異なる超重量級の迫力だ。

向こう正面を一気に走り抜けた武者たちは第三、第四のコーナーをまわり、再びの直線で馬に鞭《むち》をくれて追い上げる。旗指物の竹竿は風を受けて激しくしなり、中には折れてしまうものまである。そうして審判の立つ櫓《やぐら》の前を全力で駆け抜けて着順が決まると、一着の者から羊腸の坂を駆け上がり、観客席からは盛大な拍手が送られるのだった。

二本目、三本目の競走が続けざまに終わると、しばしの間が開いた。秋実はカメラを下ろし、穂村をふり向いた。

彼は、もう少しスタート地点に近い埒の内側でしゃがみ込み、三歳くらいの女の子と話していた。若い母親がそばでにこにこと相づちを打っている。身振りや目線を見ると、どうやら女の子の父親がこのあと出走するようだ。

穂村自身も、自分の娘と、しょっちゅうＬＩＮＥのやり取りをするほど仲がいい。妻が若くして他界したあと、男手一つで育てあげたせいもあるのだろう。

秋実の視線に気づいた穂村が、立ち上がり、こちらへ戻ってくる。

「いやあ、女の子はあれっくらいの時がいちばん可愛いね。うちの娘も、もういっぺんあの頃に戻ってくれないもんかね」

案の定そんなことを言って機嫌良く笑う顔色は、先ほどよりもだいぶ良くなっていた。

二年ほど前に結婚して家を出た娘は、秋実よりもたった五つ若いだけだ。実際、秋実自身も、穂村と並んで歩いていて何度か親子に間違えられたことがある。

それを嫌だとは思わなかった。むしろ、心の裡《うち》では彼の娘に嫉妬さえしていた。娘に生まれたかったわけではない。ただ、たとえどんなに好きになってくり返し抱き合っても、血のつながりには負ける気がするだけだ。

小学校に上がる頃にはもう、秋実には父親しか居なかった。母親が、何が原因でか家を出ていったせいだとわかったのは、ずいぶん後になってからだ。

しばらくは父方の祖父母の家で一緒に暮らしたが、その間に、某有名企業のシステムエンジニアだった父親は独立し、在宅での仕事が多くなった。二年後には、知人の紹介で見合いをした相手の女性と再婚をした。

童話に出てくる継母《ままはは》はことごとく娘を苛《いじ》めるものだが、秋実の心配に反して、新しい母親は優しかった。うっすらと記憶にある本当の母親よりも優しいくらいで、秋実はすぐに彼女を好きになった。

看護師の仕事をしていた彼女は、夜勤で週に何度か家を空ける。そんな夜、秋実は父親と一緒の布団で眠った。どこかで継母に取られてしまったようにも感じていた父を、独占できる時間が嬉しかった。父親の体はぱさぱさと乾いていて、指先からはいつも煙草の匂いがした。

その指が、布団の中で秋実の身体を触ってくるようになったのはいつからだったろう。頬や、胸や、おなかを撫でられて気持ちよくなり、くすくす笑ってしまったのが最初だった。だんだんと、笑うのをこらえて息を殺しているほうが気持ちよくなれることを知り、そうすると父親の指は大胆さを増し、もっと恥ずかしいところにまで忍び込んでくるようになった。やだ、と言うとなだめられた。

いやなんかじゃないだろう？　父さんにこうされるの、秋実は大好きだろう？　もっと撫でてほしいだろう？　いいよ、秋実がしてほしいなら、父さんはいくらだってこうしていてあげる。

指が舌にかわるまで、そんなに長くはかからなかった気がする。まだ幼かった秋実に、罪悪感はほとんどなかった。おかあさんには絶対に言っちゃ駄目だよ、誰にもこのことは内緒だよ、としつこく念を押される時だけは、もしかしていけないことをしているのだろうかという疑いがちくりと胸をよぎったけれど、どんなに優しくてもやはり継母は継母だ。血の繋《つな》がっている父親の愛情をこっそり独り占めしたい気持ちのほうが勝っていた。

あちこちを丹念に舐《な》めてもらうようになると、秋実の身体は初めての快楽を知っていった。とくに、脚の間の奥の小さな豆粒を優しく吸われ、乾いた唇ではさんで弾力を確かめるようにされるとたまらなかった。まぶたの裏で黄色や赤の花が、ぽっ、ぽっ、と灯が点《とも》るように咲くのがわかるのだ。

いつしか、夜を心待ちにするようになった。学校で授業を受けている時も、夜のことを考えると胸がどきどきして、おへその下の方がキワキワと引き攣《つ》れる感じがした。

よその家のお父さんもこんなふうにしているのだろうかと訊いてみると、父親は、顔をゆがめて笑った。よそのお父さんは、ふだん家に居ないだろう？　こういうことを娘に教えてあげられる父親は、たぶん父さんの他にいないんじゃないかな。

そうか。自分はクラスの誰よりも大人なのだ、と秋実は思った。大人だし、おんな、なのだ。担任の若い女性教師のことさえ見下していたかもしれない。

秋実は可愛いなあ。どこもかしこも食べてしまいたいくらい可愛い。大好きだよ。

耳元でそう囁かれるほどに、もっと愛されたいと思った。もっともっと強く深く愛されて、父にとっての唯一のままでいたい……。

今ふり返っても思う。いっそ、あのまま何も知らずにいられれば幸せだったのだろうか、と。

中学に進み、外での時間が長く、世界が広くなるにつれて、秋実は、父の言葉やその行為に疑問を抱くようになった。おかしい、と疑い始めると一気だった。オセロの駒が裏返るように嫌悪感がつのった。

それなのに、どうしてだか、激しくは拒みきれなかった。嫌だと思う気持ちはあるのに、父に懇願されると、つい流されてしまう。強く出られれば、つい受け入れてしまう。そうして抱かれてしまえば自動的にどうしようもなく感応してしまう自分の身体を、秋実は何よりいちばん汚らわしいと思った。

二度、中絶をした。一度目は中学三年、二度目は高校二年の時だ。相手を知らない継母は怒り、泣いたが、どちらの時も病院までは付き添ってすべての処置が終わるまで待っていてくれた。父親はそのつど、陰で必死になって口止めをするばかりだった。

本当のことなど、誰にも話せなかった。話せば周りじゅうを傷つける。

よって、継母と父とは、今も仲良く暮らしているらしい。らしい、というだけで実際のところはどうだかわからない。高校を出て専門学校に進んで以来、秋実は実家に一度も帰っていないのだった。

〈おむつを、換えてないからじゃないかな〉

穂村は最初、わけのわからないことを言った。

〈いや、お父さんはさ、秋実ちゃんが赤ん坊の時、おむつを換えてないだろ。お母さんに任せっきりだったんだろ。ほら、やっぱりな。小さい時にウンコまみれのおむつまで換えて育ててたら、自分の娘を相手にチンコなんか勃《た》つわけないんだよ〉

年上の男とは何人か付き合ったが、秋実が過去のことを正直に打ち明けられた相手は穂村だけだ。しょっちゅう自分の娘とＬＩＮＥをやり取りしている彼を見ると、安心して心和むと同時に、その関係がうらやましくてたまらなかった。

性的なつながりなど受け入れなくても、父と娘はこんなにも仲良くいられるのだ。世間ではたぶん当たり前のことだ。それなのに、幼い頃、父親の始めたことを少しも嫌だと思わなかった自分が……そればかりか、今となっては父がしたのと同じようなやり方で愛されなければ本当には感じられなくなってしまった身体が、秋実は厭《いと》わしくてならなかった。

「そんなこと思う必要は、まったくないでしょ」

と、穂村は言った。めずらしく本気で怒っていたが、それも秋実に対してではなかった。

「優しく撫でてもらったら気持ちよくなるのも、可愛がってもらったら嬉しいのも、当たり前じゃないか。誰だってそうだよ。だけど、お父さんのは度が過ぎてた。普通、親子はそんなことしない。しちゃいけない。何にもわからない子どもの秋実ちゃんを前に、その一線を踏み越えたのはお父さんだ。ものわかってる大人が踏みとどまらなきゃいけなかったんだ。悪いのはあくまでもそういうことをしたお父さんであって、受け入れた側のきみじゃない」

言われている意味はよくわかった。

だが、秋実の胸にはすでに、大きな黒い穴がぽっかりと開いてしまっていた。

これこそが無上の愛だと洗脳のように思い込まされていたものが、世間の常識に照らすとそうではなかったと知った後では、もう、何を信じていいのかわからなかった。本当の母親には子どもの時に棄てられ、父親の愛情はまがいもので、おまけに土壇場では保身に回って娘を見放した。継母だって、もし本当のことを知れば秋実を家から追い出したに違いない。

愛情は、持続などしない。みんな都合が悪くなると簡単に掌を返すのだ。

穂村の娘がつくづくうらやましかった。自分には愛される価値があるのだということを、彼女ははなから疑ったことさえもないだろう。

「あ、ほら、お父さんが走るよ」

華やいだ声に、我に返る。

すでに次なる馬群がスタートしたところだった。

さっきの若い母親が、幼い娘を高く抱き上げて夫に声援を送っている。どの馬がそうだろうと伸び上がった時、

「え、あれって」と穂村が横で指さした。「後ろのほうにいる青いの、安藤さんじゃないかね」

ほんとうだ。年季が入って、いい具合に色あせた藍色の地に、白い稲妻の紋様。その旗をばたばたとなびかせながら、安藤さんがアカツキ号にぴしりと鞭をくれる。スピードがぐんと上がり、そのまま秋実の目の前を通り過ぎてコーナーを回り込んだ。

小さい女の子の父親は、どうやら三頭目につけているらしい。一頭抜いて二番手につけると、母親は娘を抱いたままぴょんぴょん飛び跳ねた。

向こう正面を、競り合う二頭の馬と、少し離れて三番手、さらにその後ろからアカツキ号が追う。第三コーナーから第四コーナーの間で、安藤さんはもう一度鞭をくれた。まるで、そのとき初めてスイッチが入ったかのようだった。大外から内側へ突っ込む勢いでコーナーを回りきり、最後の直線に入ると、アカツキ号は宙に浮いたようになった。脚が地面に着く瞬間が見えない。ぐい、ぐい、ぐい、と前に出て、一頭抜き二頭抜き、けれど先頭にはあと頭一つ届かずに、ゴール前を駆け抜けた。二着だ。

その勢いのまま走り続けようとするアカツキ号を、上手になだめながら第二コーナー

あたりで折り返してきた安藤さんが、馬上から秋実を見つけて破顔した。

「どうでした。なかなかの末脚でしょ」

「ほんとに」

「いい写真、撮ってくれたでしょうね」

「もちろん」と、秋実は答えた。「期待してて下さい」

首を上下に振り立てたアカツキ号が、ぶるるる、と鼻を鳴らす。

黒々と濡れた目に、心の底まで覗き込まれた気がした。


離れた駐車場に停めてあったレンタカーに、穂村と二人して戻ったのは夕方だった。エアコンを入れながら窓を四つとも全開にし、こもっていた熱気を逃がす。

「あー、よく歩いた」

ふうう、と嘆息した穂村が、車の外に立って煙草に火をつけた。ずっと我慢していたらしい。

甲冑競馬のあと執り行われた、祭りのクライマックスともいえる神旗争奪戦は、まさに戦国の合戦そのままだった。花火の玉に仕込んで打ち上げられる赤と青の御神旗が、風に流されながら落ちてゆく下に数百騎の馬が殺到し、ひしめき合い、ぶつかり合って旗を奪い合う。地響き、砂埃《すなぼこり》、怒号。全部で二十発、合計四十本の御神旗がすべて誰かの手に収まり、坂道を駆け上がって報告がなされ、二日目の本祭りはようやく終わりを告げたのだった。

「あとは明日の野馬懸だけか」

穂村が独りごちる。放たれた裸馬を白装束の男たちが素手で捕らえ、神前に奉納する野馬懸こそは、祭りのうちでも最も歴史の古い、本来の神事の姿だ。

明日、そこまでの取材を終えてから、福島に戻ってレンタカーを返し、新幹線で東京へ帰ることになっている。待っているのは本田編集長ではなく、容赦のない〆切だ。

やっといくらか熱の下がってきた車に乗り込む。秋実がさっさと運転席を選ぶと、穂村は黙って助手席に座った。シートはまだ熱い。

駐車場のすぐ脇の道路を、再び兜をつけた武者が三々五々、馬で家まで帰ってゆく。見れば、あの若い母子の姿もあった。同じくらい若い騎馬武者を見上げては、にこにこと何か話しながら歩いてゆく。一着は彼だった。

「安藤さんも惜しかったよなあ。ゴールがもうあと十メートル先だったら、確実に勝ってたろうに」

「噂をすれば、だよ」

え、と穂村が首をねじってふり向いた。

運転席側のサイドミラーの中、藍色の地に白い稲妻の旗が近づいてくる。こちらには気づかずに車のそばを通り、そのまま進んでゆこうとする。

秋実が、下りて挨拶しようと思った時だ。

道路の反対側から、四、五人の外国人の観光客が安藤さんに声をかけた。一緒に記念写真におさまってもらえないか、ということのようだ。

助手席の穂村がおかしそうに笑いだす。

「わかるよ。どの武者と比べても、見るからに人が好さそうだもんなあ」

金髪の背の高い人々が我先に道路を渡ってきても、馬はもう動じなかった。アカツキ号がとくべつ剛胆というより、あれだけハードな一日を終えた今、もう怖れるものとてないといったところだろう。

「怪我がなく終わって、ほんとによかったよなあ」穂村は言った。「帰ったら、あの馬の半生を中心に据えて記事を書こうと思ってるんだわ」

「そうだろうと思った。写真ならたっぷり撮っといたから」

おう、助かる、と穂村は言った。そのままの口調で、さらりと付け加えた。

「あの馬さ。どこか、きみに似てるんだよな」

秋実は黙っていた。どう答えていいかわからなかった。

何もかもお見通しなのはもういいかげんわかっているから、いちいち口に出さなくていい、と思い、思うだけでなく言ってやろうとしたとたん、だしぬけに、涙があふれた。

何だこれ、とびっくりしたが止まらなかった。自分でも驚いたほどだから、穂村のほうはもっと驚いたろう。

駄目だ、止まらない。ハンドルに肘をつき、奥歯を嚙みしめてこらえる秋実を、一応は慰めなくてはと思ったようだ。大きな痩せた手が伸びてきて、頭を撫でる。夜の愛撫と比べると、まるで別人のように不器用な手つきだ。

「……ホムさん」

「はいよ」

涙というものは、人をどこまでも無防備にするらしい。絶対に言うまいと思っていたはずの言葉が、抑えきれずに口からこぼれ出る。

「ほんとのこと教えて」秋実は言った。「ホムさん、死んじゃうの？」

「おいおい」呆れたしわがれ声が応じる。「なんてひどい訊き方だよ」

「だって、編集長が言ってた」

「何て。僕が死ぬって？」

「ううん。ほんとはステント手術なんかじゃなかったって」

今度は、低い唸り声がした。

「あいつめ。ったく、どこまで口の軽い」

「ねえってば。教えてよ」

穂村は、ずいぶん長いあいだ黙っていた。ようやく言った。

「正直、わからないんだ」

「うそだ」

「いや、ほんとに。いま言えるのはとりあえず、このさき五年間再発しなければ、ひとまず大丈夫ってことぐらいかな」

秋実は、その答えを反芻《はんすう》した。

本田から病気のことを聞かされて以来、想像の中で何度も覚悟は決めていたはずなのだが、実際に聞くと思っていたよりもはるかにダメージが大きかった。どうしても飲み込みがたい塊を、無理矢理に飲み下す。

「ごめんなさい」

「いや、謝ることはないんだけども」

穂村が、次の煙草に火をつける。まずはそれからやめるべきじゃないかと思ったが、

「とりあえずはさ、やっぱり一緒に暮らさないか」

言われたとたん、言葉が引っ込んだ。涙まで引っ込んだ。

「何それ、どういうこと？」秋実は助手席に向き直った。「普通は、自分が病気だってわかったら、黙って身を引くとかしない？」

「いや、そうしようと一度は思ったんだよ」弁解がましく穂村は言った。「でも、考えてみたらさ。きみ、期限付きだったら大丈夫なんじゃないかと思って」

「は？」

「きみはほら、人の気持ちなんかすぐ変わるって思いこんでるじゃない。だけど、ひとまず五年くらいならどうよ。最初から永遠を信じるのは無理でも、それくらいだったら、まあ運命預けてみてもいいか、って思えないかな。ちなみに僕だってそうだよ。とりあ

えずは五年の命だと思い定めたら、そりゃあもう自信満々で誓える。『死が二人を分かつまで』ってさ」

相変わらず、柔和とも、人を食ったようなとも受け取れる表情と口調だ。返す言葉を失い、秋実はぼんやりと前に向き直った。

アカツキ号と安藤さんは、まだ解放してもらえずにいる。馬の真ん前に立ちはだかり、一人ずつかわるがわるピースをしては写真を撮る外国人に、愛想良く応じてやるのも、観光課の職員としての務めなのだろうか。

おとなしくこうべを垂れた馬の鼻面を、青年の一人がおそるおそる撫でる。ぶるるる、という鼻息に驚いて手を引っ込めた彼が、仲間たちにからかわれて笑い出しても、アカツキ号はぴくりと耳を動かしただけだった。

夕陽が傾いてゆく。

あの日も――きっと、こんなふうにあたりまえに陽は沈んだ。生きとし生けるものの運命を、いつ、何が分かつかはわからない。ある日突然に襲いかかった高波のように、どうしようもないことはしばしば起こる。

一度は根こそぎ失われた人間への信頼を、あそこまでに回復させた人の苦労を思ってみる。瓦礫の下に取り残され、食べるものもなく汚泥の中に立ち尽くしていた間、アカツキ号は何を思っていたのだろう。一度は自分を置き去りにした人間たちが、また戻ってきて懸命に愛情を注ごうとした時、どうやってそれを赦《ゆる》し、再び信じるだけの勇気を持つことができたのだろう。

金髪の若者たちが口々に礼を言って手を振り、離れてゆく。

秋実は、車を降りられなかった。どうしても動くことができなかった。祭りはまだ明日もあって、よほどのことが起きない限りきっとまた会えるのだからと、甲冑姿の背中を見送る。

遠ざかってゆくアカツキ号の尻には、今も引き攣れた傷跡が見て取れる。歩を進めながら、時おり馬上の人が少し前にかがんでは愛馬の首を撫でてやる。

困った。車を出したいのに、視界に水の膜が張ってしまってあたりがよく見えない。ハンドルを抱きかかえるようにして前方を睨《にら》んだままでいると、やがて穂村が言った。

「な。悪いようにはしないから。だまされたと思って、僕に任せてみなさいよ」

秋実は、洟《はな》をすすった。

「だまされるのは、やだ」

穂村は苦笑して煙草をもみ消すと、何を思ったか車を降り、運転席側に回ってきた。下ろした窓から覗き込み、秋実の頰に触れて撫でる。今度は、いつもどおりの絶妙な愛撫だった。

ぱさぱさと乾いた手を取り、秋実はその指先にそっと唇を押し当てた。

煙草の匂いがする。何よりも、この匂いにこそ安らぎ、懐かしいと思ってしまう自分を、今さら否定することも変えることもできはしないのだ。

「……何を任せればいいの」

秋実が訊くと、穂村は、ようやくほっとしたように咳払いをした。

「そうだな。まずは宿までの運転かな」

五年。そう、千年ではなく、五年だ、たったの。

その後は、また一年、三年、五年と積み上げていけばいいだけのことかもしれない。

いつかはそれが、永遠になる。

文春文庫

まつらひ

定価はカバーに表示してあります

2022年2月10日　第1刷

著　者　村《むら》山《やま》由《ゆ》佳《か》
発行者　花田朋子
発行所　株式会社 文藝春秋

東京都千代田区紀尾井町3-23　〒102-8008
TEL 03・3265・1211(代)
文藝春秋ホームページ　http://www.bunshun.co.jp
落丁、乱丁本は、お手数ですが小社製作部宛お送り下さい。送料小社負担でお取替致します。

印刷・萩原印刷　製本・加藤製本
Printed in Japan
ISBN978-4-16-791825-5